NOUVELLES D'ARGENTINE

Miniatures
Collection produite par Marc Wiltz
dirigée par Pierre Astier

en partenariat avec le magazine COURRIER INTERNATIONAL

Cet ouvrage a été traduit avec le concours
du Centre national du Livre

MINIATURES

NOUVELLES D'ARGENTINE

MAGELLAN & CIE

Nouvelles d'Argentine

Avant-propos

En 2010, tout comme le Chili, le Mexique et la Colombie, l'Argentine fête le bicentenaire de son Indépendance et de son émancipation de la tutelle espagnole. Et c'est tout un continent, l'Amérique latine, et plus particulièrement le cône sud, dont on célèbre la démocratie retrouvée, la hardiesse politique, économique et sociale, et le bouillonnement culturel. Car cette autre Amérique – quand cessera-t-on de laisser cette captation sémantique par le grand voisin du Nord se perpétuer ? – vibre au moins autant politiquement, socialement, économiquement, culturellement que Los Estados Unidos de América.

Entouré par le Chili, la Bolivie, l'Uruguay, le Brésil, et le Paraguay, s'étirant de la Terre de Feu (et de glace), où s'aventura un certain navigateur portugais Fernand de Magellan, au sud du Brésil, de la Cordillère des Andes à l'océan Atlantique, l'Argentine est ce jeune pays de deux cents ans, au sud de l'équateur, où survit encore le mythe américain de la terre promise, de la terre d'exil pour de nombreux Européens. C'est le pays des pampas à perte de vue, jusqu'à la Patagonie, et des « gauchos », ces fiers gardiens de gigantesques troupeaux de bovins, équivalents latinos des cowboys du nord. C'est le pays du tango, cette danse nerveuse pratiquée sur les bords du rio de la Plata, le fleuve d'argent, où hommes et femmes se toisent fiévreusement. C'est le siège d'une capitale, comme le fut en son temps New York, à l'architecture et à l'atmosphère quasi européennes : Buenos Aires, *ciudad de nuestra senora de los buenos aires*, la cité de Notre-Dame des bons vents, en hommage à la Vierge, patronne des marins de Séville.

Au XVIIIe et XIXe siècles, attirés par les rumeurs de richesse en métaux précieux, en or, en argent, les Européens se précipitèrent du nord au sud du continent, vers ces contrées mythiques, vers cet Eldorado. *La Argentina*, poème de dix-mille vers écrit par Martin del Barco Centenera et publié en 1602 à Lisbonne, a donné son nom au pays-homonyme : L'Argentine. Et tout le pays se place ainsi sous le signe de la littérature. Avec l'Indépendance acquise en 1810, la littérature argentine va à son tour s'émanciper de la tutelle espagnole, chercher des références autres qu'ibériques dans la littérature européenne, notamment dans le romantisme français.

À partir de là, de grands courants littéraires de portée universelle vont naître, le « réalisme magique » en particulier, et de grands noms vont surgir de la génération dite « de 1937 » : Jorge Luis Borges, Victoria Ocampo, Manuel Puig, Ernesto Sábato, Eduardo Mallea, Julio Cortázar, Adolfo Bioy Casares et Osvaldo Soriano. Le pays devient éminemment littéraire et son apport au *boom* latino-américain est considérable, jusqu'aux années de plomb de la dictature (1976-1983) qui étouffèrent la voix des poètes et des romanciers.

Avec l'aide d'André Gabastou, traducteur infatigable et passionné d'écrivains hispaniques européens et sud-américains, le choix de cinq auteurs argentins contemporains a été fait, tous nés à Buenos Aires ou dans ses environs, pour cette nouvelle livraison de la collection « Miniatures ». Le ton y est tantôt grave tantôt léger, tantôt cru tantôt pudique. Les thèmes et problématiques y sont la découverte de la sexualité, l'enfermement, la foi, *etc.* Sergio Bizzio, Gonzalo Carranza, Ricardo Piglia, Esther Cross et Sergio Chejfec, perpétuent, à l'ombre du grand aîné Jorge Luis Borges, dans la langue de Cervantès importée par les Conquistadors, une histoire littéraire argentine exigeante, originale et forte.

Pierre Astier

Sergio Bizzio est né en 1956 à Villa Ramallo, dans la province de Buenos Aires. Enfant, il a passé le plus clair de son temps dans le cinéma tenu par son père. Il est d'abord scénariste pour la télévision et le cinéma puis réalisateur (son premier long-métrage, *Animalada*, sorti en 2000, lui a valu plusieurs prix dont celui du Meilleur Film Etranger au Festival de cinéma latino-américain de New York en 2001). Également poète, romancier et dramaturge, il a reçu le Prix International du roman de la Diversité en Espagne pour son septième roman, *Rage*, publié en 2004. Lucía Puenzo a porté à l'écran sa nouvelle *Cinismo* (Chicos, 2004) sous le titre *XXY* en 2007. Ce film a obtenu quatre prix pendant la Semaine de la Critique du Festival de Cannes 2007 et le prix du Meilleur Film Étranger au festival de Bangkok.

Un seul de ses sept romans est disponible en France :
– *Rage*, Christian-Bourgois Éditeur (2008).

Cynisme

Traduit de l'espagnol (Argentine)
par André Gabastou

Muhabid Jasan est un type « intéressant ». Son épouse Érika est « rongée par l'inquiétude ». Ils ont un fils, Álvaro (quinze ans, grand, pâle) qui représente une catégorie particulière : les sensibles spontanés. Tant les gens rongés par l'inquiétude que les intéressants peuvent se mélanger et se confondre ; les sensibles spontanés sont un peu uniques, à part. Ils ont des points communs avec les gens rongés par l'inquiétude, mais ils ne sont jamais intéressants. Ce qui les caractérise, c'est leur penchant pour l'aversion. À une extrémité, il y a le génie, capable de se transformer en une industrie produisant de l'histoire personnelle et, dans certains cas, une *œuvre*. À l'autre extrémité, il y a le sensible spontané.

Álvaro était capable de vous faire tomber d'un pont pour pouvoir lever un bras vers le coucher de soleil. Esprit toujours disponible, curiosité totalement ouverte, larmes faciles, telles sont certaines caractéristiques *positives* du sensible spontané. Les négatives sont bien pires : maladresse, esprit poétique, caractère labile, très grande capacité à s'adapter, tendance à jouer les maudits. Le sensible spontané est toujours plein de bonnes intentions. Érika, la mère d'Álvaro, était économiste, mais elle s'intéressait aussi à la politique, à la botanique, à la littérature, au lavis, à la décoration intérieure, à la graphologie, aux voyages spatiaux, au folklore andin, à la musique, à l'énergie, à la mode, aux lieux exotiques, au bouddhisme zen, aux ovnis, à la pigmentation des tissus, à l'anthropologie, à la psychologie, à la nourriture saine et – peut-être pour se sentir plus proche de son fils – à l'informatique. Le père d'Álvaro composait des musiques de films, dont celles d'un grand nombre de films argentins et européens, et gagnait beaucoup d'argent. Un studio de Los Angeles venait de l'embaucher pour travailler à partir du mois de mars sur la musique d'un film délicieusement pervers, délicieusement commercial, aussi, avant de monter, bifurqua-t-il à droite pour se rendre dans la maison de vacances d'amis à lui à Punta del Este.

Il s'agissait de Suli et Néstor Kraken. Suli était homéopathe et Néstor Kraken socio-logue. Ils faisaient tous les deux partie des gens « intéressants ». Cultivés, érudits, à l'occasion intelligents, ils avaient une fille qui s'appelait Rocío, âgée de douze ans et affligée d'un défaut physique général très perturbant pour quelqu'un qui la regardait sans avoir bu d'alcool : belle par endroits, horrible dans l'ensemble. Elle donnait davantage l'impression d'être un bric-à-brac qu'une personne normalement conçue. L'observer, c'était s'enfoncer bille en tête dans un vertige arithmétique, résultat de combinaisons douloureuses. Ses yeux, par exemple. Un million de femmes (et d'hommes) auraient voulu avoir des yeux comme elle, mais personne ne les aurait acceptés accompagnés par le nez, pourtant parfait (pris séparément). Et il en allait de même pour tout le reste.

Ce qui était perturbant chez Rocío était cependant atténué par quelque chose qui était presque une bénédiction : son caractère était différent. « Si elle était pareille à l'intérieur et à l'extérieur, elle serait schizophrène », expliqua Muhabid à Érika pendant le voyage en ferry, à un moment où ils croyaient tous les deux qu'Álvaro dormait. Muhabid était inquiet parce qu'ils allaient passer deux semaines dans la maison des Kraken et qu'Álvaro s'ennuierait à mourir en compagnie de Rocío. Érika n'ouvrit pas la bouche, elle savait que c'était en fait autre chose qui rendait Muhabid soucieux… Il soupçonnait Álvaro d'être gay. Et Rocío ne lui permettait pas de se faire d'illusion sexuelle sur son fils. Pas un seul instant, il ne se disait qu'il serait peut-être attiré par elle. C'était dommage, une occasion ratée.

Muhabid avait raison, Rocío était une fille tout à fait normale (encore vierge et capricieuse), mais dotée d'une particularité : c'était la fille la plus cynique qu'il ait jamais connue. Même ses propres parents avaient un jour admis qu'elle était « un peu rude ».

Pendant la première semaine, Muhabid, Suli et Néstor burent deux bouteilles de whisky par jour et eurent de longues et très intéressantes conversations sur les principales activités humaines. Ils passaient de la politique à l'art avec une habilité de gymnastes, émaillant leurs phrases de noms comme Hitler, Warhol, Bouddha, Welles dans les moments aimables – quand l'alcool ou la marijuana faisaient sauter les défenses et qu'ils pouvaient se permettre des citations et des références simples –, ou se livrant à des bras de fer au cours desquels ils invoquaient l'érudition d'un Altieri ou d'un Morovsky quand tout le monde sentait que deux semaines dans la même maison, c'était trop. Érika ne buvait que de l'eau minérale.

La première rencontre en tête-à-tête entre Álvaro et Rocío eut lieu à la plage en fin d'après-midi du deuxième jour. Jusque-là, Álvaro s'était contenté de lui adresser des regards craintifs et Rocío des coups d'œil méfiants. Elle était irritée par l'attitude d'Álvaro qui suivait la conversation des parents en fronçant les sourcils et en écoutant tout très attentivement comme s'il apprenait sans cesse des choses nouvelles. C'était ridicule. Il se risquait même parfois à parler ; toutefois, Rocío se rendait compte que ce n'était pas des opinions mais une simple façon de « collaborer » à la conversation, et elle riait sous cape d'un air méprisant. L'après-midi où ils se retrouvèrent pour la première fois seuls, Rocío lui demanda avant tout autre chose s'il venait de se masturber.

– Qu'est-ce qui te fait dire ça ? demanda Álvaro.

On ne lui avait jamais posé une telle question. Il est vrai qu'Álvaro passait sa vie à se masturber, aussi se sentit-il aussitôt découvert et, par le hasard d'une coïncidence entre les faits réels et une question banale, quasiment violé. Il ne pouvait donc qu'être sincère.

– Comment le sais-tu ?

– Ça se voit sur ton visage, lui répondit Rocío en le regardant des pieds à la tête comme si elle disait aussi que ça se voyait sur son corps.

Silence. Puis Rocío pivota sur un talon, lui tourna le dos et regarda de nouveau la mer. Il faisait très chaud et, en même temps, un vent glacé soufflait. Les réactions élémentaires du corps partaient à la dérive, hésitant entre le repliement sur soi ou l'expansion. Tout, comme dans la phrase antérieure, sollicitait des excuses : c'était horrible et, en même temps, inévitable. Le ciel était couvert, il n'empêche qu'il y avait trop de lumière. L'horizon était bouché, les vagues se succédaient, basses et lentes, comme endormies. Un garçon doré, un catholique grassouillet de San Isidro, attendait, assis sur sa planche de surf (la tête vide, pleine d'écume), une vague qui lui

aurait permis de dire : « Ouais, elle est superbe ! »
Mais, pour le moment, rien ne venait. Même
Álvaro avait senti que le garçon doré et grassouillet était contrarié. Il avait été formaté pour
porter toute sa vie la marque de son berceau
(plusieurs mois avant sa naissance, on avait
commandé pour lui un berceau fait de plusieurs
bois « choisis par le cœur » après un long
« processus d'observation sensible » et travaillés
« artisanalement à partir du point de vue de
l'amour » par un menuisier qui était un imposteur
et faisait son travail dans la partie lumineuse du
monde avec des outils et des matériaux qu'on
n'aurait jamais dû prêter à personne), aussi
sentit-il un frisson et désapprouva-t-il immédiatement Rocío. C'était incroyable car aucun des
deux n'avait encore ouvert la bouche. Rocío avait
perçu la contrariété du garçon grassouillet avant
lui-même. Il faut préciser qu'elle l'aurait de toute
façon perçue – c'est-à-dire même s'il n'y avait
eu aucune contrariété –, et qu'elle l'aurait *dit*,
peut-être à voix basse (comme si elle venait de la
découvrir et non de l'inventer), et que c'était
précisément pour cette raison que la contrariété
se serait emparée du garçon dans l'eau. Le

cynisme de Rocío faisait des merveilles. Álvaro, qui s'était arrêté pour la voir, se remit à marcher. En un clin d'œil, ils s'étaient déjà installés sur le terrain de la grossièreté.

– Et toi ? Tu te masturbes aussi ou… ?

– Moi, je me masturbe tous les jours. Tu veux savoir pourquoi ?

– Dis.

– Parce que j'aime ça.

(Il y eut, à ce moment-là, une vague, mais le surfeur, distrait, la rata).

– Que c'est bizarre… dit Álvaro après avoir longuement réfléchi à ce qui venait de se passer. Tu savais que je n'étais *jamais* venu à Punta del Este ?

Le sensible spontané active de surprenants mécanismes de fuite : quand on l'humilie, il se tourne vers le glamour. Rocío se retourna et le regarda.

– Dis-moi, tu es con ou tu as le cul qui te démange ?

– Pourquoi ? demanda Álvaro.

– On parle de masturbation et tu me sors Punta del Este. Où as-tu passé l'été, l'année dernière ?

– À Cancún.

– Et tu ne t'es jamais masturbé là-bas ?

– Euh ! un million de fois.

– Qu'est-ce que tu en as alors à foutre d'être ou de ne pas être venu à Punta del Este ?

Álvaro baissa honteusement les yeux, attrapa avec le gros orteil de son pied droit la pince d'un crabe mort et la fit plusieurs fois monter et descendre comme s'il le connaissait et le saluait. Les yeux toujours posés sur le crabe, il lui demanda son âge. Rocío lui répondit qu'elle avait douze ans et qu'elle en avait assez de le répéter : cette année, on le lui avait déjà demandé plus de vingt fois. Elle s'assit.

– Assieds-toi, lui dit-elle.

Álvaro se laissa tomber sur les genoux à côté d'elle. « Si j'étais poète, pensa Rocío en le voyant s'agenouiller, je dirais que je viens de toucher le cœur d'un idiot. » Mais elle dit :

– Pose-toi sur ton cul, je veux te dire quelque chose d'important.

Álvaro obéit. Il eut du mal, mais il obéit. Quand il se fut enfin assis comme elle le désirait, il l'entendit dire :

– Je n'ai jamais couché avec personne. Toi, tu coucherais ?

– Avec qui ?

– Avec moi.

– Avec toi ?

– Pouah ! dit Rocío sans se laisser abattre. Je viens de te dire « oui, avec moi »… et toi tu me demandes : « Est-ce que je coucherais avec toi ? »… et moi je te réponds « Oui, si toi tu couchais avec moi »… et toi tu me sors « Comment si moi je coucherais avec toi ? »… et moi je te réponds « Álvaro… », et je suis un peu impressionnée de dire ton nom parce que je ne te connais pas et pourtant je te demande quand même si tu coucherais avec moi…

– Toi, tu veux que moi, je couche avec toi ?

– Tu comprends ce que je te dis ? (Elle cilla.) Tu es le roi de la branlette.

Lassée, elle se leva.

– Toi, tu n'as rien perdu. Moi, j'ai perdu une occasion. *Ciao*, dit-elle en s'en allant.

Álvaro resta longtemps sur place, pensant avec le lobe paternel que Rocío avait après tout quelque chose d'« intéressant ». Elle était honnête, sincère, courageuse, et il fallait reconnaître qu'elle maîtrisait l'économie verbale comme un poisson dans l'eau : avec juste une poignée de phrases, elle en était arrivée à cette extrémité, l'inviter à baiser, et, comme si c'était trop peu, lui sortir qu'il était le roi de la branlette. Ce soir-là, et pendant toute la journée du lendemain, il fit tout pour l'éviter. Des quatre adultes, Érika était la seule à ne pas boire. Malgré ce défaut, elle participait aux bavardages alcoolisés des autres, allait avec eux de bonne humeur à la plage, aidait à la cuisine, mais il est vrai qu'elle passait beaucoup plus de temps seule, à l'écart. Elle avait apporté un carton à dessin et quelques aquarelles et elle s'asseyait souvent à l'ombre d'un arbre pour peindre et fumer. Elle fumait de la marijuana du matin au soir. Elle était dans un monde différent, en fait infiniment meilleur et plus sain – selon elle – que le monde alcoolisé dans lequel les autres évoluaient. Muhabid, par exemple, était un homme dur et insensible, menant une carrière d'artiste à force de technique et d'application. Il n'avait aucun talent, mais il se serait débrouillé n'importe où. Il était la goutte distillée de l'efficacité, la quintessence de la maturité. Toutefois, un soir, à la moitié de la bouteille, il se sentit tout à coup épuisé, lassé par tant de conversations. Il sortit de la maison en disant qu'il allait prendre un peu l'air, s'enfonça dans le bois et entendit soudain, amplifié, le bruit de ses pas sur les feuilles sèches : il l'étourdissait. Il s'immobilisa. Il sentit alors un chatouillement dans le cou. C'était une bestiole ronde aux yeux jaunes bordés de noir, obèse, inoffensive, hébétée, de toute évidence inutile, faisant penser à quelque chose d'étranger à l'éco-système ou en dehors de lui. Muhabid remarqua que la nature avait pourvu l'insecte d'une cara-pace rouge et dure pour lui laisser au moins une chance de protéger son inutilité. Pourquoi la nature était-elle aussi ignorante ? Muhabid posa soigneusement l'insecte sur le tronc d'un arbre et, pour ne pas maculer ses mains de sang, prit une sandale et l'écrasa. Puis, alors qu'il sortait en courant du bois, il tomba sur Érika. Il dit quelque chose de ridicule comme « Hop ! », sursauta et, avant de tomber sur le dos, fit plusieurs enjambées en arrière pour essayer de retrouver l'équilibre. Érika éclata de rire, mais elle devint aussitôt toute triste : l'image de son mari titubant s'ajoutait aux cent autres qui, dans l'année, lui avaient dit qu'elle n'était plus amoureuse de cet homme. Elle l'aida à se relever, ils échangèrent deux mots et chacun partit de son côté. Érika entra dans le bois pour peindre. Elle avait froissé une feuille et en était déjà à la moitié de son deuxième échec quand elle entendit quelque chose qui retint son attention. Elle se leva, zigzagua un peu entre les arbres et surprit Álvaro en train de se masturber debout, le maillot de bain à la hauteur des genoux, un doigt dans le cul. C'est ce doigt qui la fit s'écrier :

– Álvaro !

Elle s'en repentit aussitôt.

Le pauvre Álvaro ne la regarda pas, ne bougea même pas. Peut-être modifia-t-il d'un millimètre la position de son corps, toujours est-il qu'il se débrouilla pour prendre l'air innocent et dans la lune de quelqu'un qui urine, puis il dit d'une voix calme :

– J'arrive…

Par miracle, il réussit à rendre la fiction crédible grâce à un jet de pipi. La seule chose bizarre, c'était le doigt dans le cul. Érika ne put supporter. Elle fit demi-tour et s'en alla. Elle avait des palpitations quand elle entra dans la maison. Personne ne le remarqua et elle ne dit rien. Ce soir-là, pendant le dîner, elle dut faire des efforts pour ne pas regarder son fils, pourtant elle en brûlait d'envie. Il faut reconnaître que pour n'importe quelle mère, aussi cultivée et sensible soit-elle, voir son fils se masturber ou le voir dans une position humiliante, un doigt dans le cul, tandis que montent et descendent sans jamais se poser les voiles du simulacre, ce n'est pas une seule et même chose. Álvaro, pour sa part, participa plus que jamais aux bavardages des adultes, leur rappelant où ils en étaient chaque fois qu'ils perdaient le fil de la conversation et osant même les reprendre quand ils devenaient cyniques ou malicieux. Il savait fort bien qu'il n'était pas sorti indemne de l'épisode avec sa mère mais il espérait atténuer l'impact de la scène par une bonne dose de naturel. Rocío l'observait et le trouvait plus bête que jamais. Elle le lui fit savoir, le lendemain, sur la plage. Les adultes mangeaient des épis de maïs tendre, Álvaro faisait au bord de l'eau des singeries à un étranger, un bébé de moins d'un an qui le regardait sans broncher, assis sur le sable comme un poupon en caoutchouc prêt à éclater en sanglots. Rocío avait passé une bonne partie de la matinée à fouetter l'air avec une baguette d'osier rapportée de la maison : elle adorait le bruit. Elle lui toucha une épaule avec.

– Álvaro, lui demanda-t-elle, tu es toujours *comme ça* ?

Álvaro fit un geste brusque pour rattraper le bébé qui tombait sur le côté, mais un homme rouge à maillot de bain blanc et casquette bleue, tel le drapeau français, le retint par la main. Puis il lui demanda :

– Comment *comme ça* ?

– Comme aujourd'hui à table. Tu as passé ton temps à dire des conneries. Tu as pensé à ce que je t'ai demandé ? Veux-tu, oui ou non, coucher avec moi ?

– Non.

– Pourquoi ?

– Parce que tu es très petite.

– Et alors ?

– Moi, j'ai quinze ans… En plus, tu ne peux pas m'encaisser.

– Justement. C'est pour ça que je veux le faire avec toi. Parce que je veux perdre ma virginité mais pas tomber amoureuse, dit-elle en riant.

– Toi, tu travailles du chapeau…

– Non. Je m'amuse, mais je te jure que c'est vrai. Moi, je ne pourrais jamais tomber amoureuse de quelqu'un comme toi.

– Ni moi de toi.

Rocío, tout à coup triste, fit sans ouvrir la bouche un signe de tête négatif.

– « Ni moi de toi », murmura-t-elle. Comment peux-tu dire ça ?

– C'est toi qui l'as dit.

– Le dire c'est bien, mais le répéter… rétorqua-t-elle d'un ton déçu. Tu me dis que tu ne peux pas coucher avec moi parce que tu es beaucoup plus grand que moi et après tu répètes ce que je dis…

– Tu sais ce que je crois ? dit Álvaro, indigné. Je crois qu'en ce monde, il y a des gens qui ne sont là que pour qu'il empire chaque jour un peu plus, et que toi, tu en fais partie.

Il reprit son souffle.

Pas Rocío. Elle le regarda et ses lèvres s'entrou-vrirent lentement comme si elle venait de recevoir un coup de poing à l'estomac. Álvaro, dont la sensibilité croissait à chaque instant comme un cancer, sentit qu'il avait été injuste, trop dur avec elle. Il leva une main pour s'excuser, mais à ce moment-là, Rocío dit :

– Je n'arrive pas à croire à l'énormité que tu as dite. Je te jure sur la tête de ma mère que je n'ai jamais entendu une chose pareille. C'est le sommet, Álvaro. Si quelqu'un te demande où tu es, tu réponds que tu es au sommet. Peu importe lequel. Tu dis que tu es au sommet et tu verras que tout le monde te comprendra.

Álvaro baissa la main.

– Insupportable… dit-il.

Tandis que Rocío s'éloignait, un tas de superstitions propres au sensible spontané traversèrent l'esprit d'Álvaro : entre autres, que les gens intelligents sont progressistes en politique, que toute personne mérite d'être écoutée, qu'il y a de la poésie partout, que l'être humain est bon par essence et que les Chinois sont les meilleurs acrobates du monde. C'était comme si, pour ne pas s'effondrer, il passait en revue et palpait les fondations sur lesquelles il croyait tenir debout. Et il le fit si bien qu'il eut une érection. C'était trop. Profitant de cette impulsion, il partit à la recherche de Rocío. Il était si furieux qu'il ouvrit la porte de la chambre sans faire de bruit. Rocío pleurait à plat ventre sur son lit. Son visage s'enfonçait dans l'oreiller et, les mains enlacées sur la nuque, elle poussait sa tête vers le bas comme si elle voulait la faire disparaître encore un peu plus. Álvaro, qui était arrivé en volant, s'arrêta net et ses pieds se posèrent lentement sur le sol. Ce n'était pas ce à quoi il s'attendait, ce n'était pas le moment de lui donner une gifle, mais il n'avait pas non plus envie de la consoler. Il commença donc à rebrousser chemin, prêt à repartir. Rocío dit alors :

– Reste ici !

C'était un ordre. Rocío pleura encore un moment. Álvaro était debout, muet comme une carpe, la regardant. Les sanglots de Rocío, déchirants mais sans chercher à dramatiser, retinrent son attention. Peut-être pas parce qu'ils étaient authentiques, mais parce que Rocío était comme le Frankenstein d'un esthète pervers, un petit monstre à plusieurs facettes, un… *Hum*, se dit-il. La queue n'était pas mal du tout. Si le champ d'observation prenait pour limite la trace rougeâtre de la chaise sur laquelle elle s'était assise un peu plus tôt qui coupait ses jambes à la moitié, si l'on regardait jusque-là sans dépasser d'un centimètre, c'était vraiment une jolie queue. Les mollets et la plante des pieds, doux et blancs, lui plurent aussi, mais l'effet de l'ensemble queue-jambes détruisait aussi bien la queue que les jambes, aussi Álvaro opta-t-il pour la première. Il tendit même une main vers elle. Rocío demanda d'une voix de devineresse :

– Tu vas me toucher ?

Ce n'était pas une question mais une demande, presque une supplique. Álvaro consentit sans broncher. Il fit un pas, soupira – comme s'il s'agissait, après tout, d'un travail à faire – et s'étendit à côté d'elle. Il se passa alors quelque chose d'extraordinaire. Rocío s'agenouilla, passa le bout de ses doigts entre le lit et le dos d'Álvaro et, pressant légèrement vers le haut, elle lui fit comprendre qu'elle voulait qu'il se mette à plat ventre. Álvaro était tout à coup si excité qu'il ne put qu'obéir. Il se retourna… ferma les yeux. Rocío passa un bras par-dessus le dos d'Álvaro, appuya sur le bouton *play* de la chaîne hi-fi et un air d'Enrique Iglesias fusa aussitôt.

– Qui c'est ? demanda Álvaro d'un filet de voix.

– *Chuuut…* répondit Rocío.

Et elle commença à baisser son maillot de bain. Très lentement, en badinant. Il s'arrêta au milieu des fesses et Álvaro s'arc-bouta pour que Rocío finisse de le baisser jusqu'à ce que son cul soit complètement à l'air. Le caleçon, tel un filet de pêche, retenait une bite, deux boules et une raie qu'il rechignait à lâcher, mais Rocío se contenta de tirer doucement pour libérer ces proies délicieuses. Álvaro laissa échapper un gémissement bruyant de plaisir. Rocío, agenouillée entre les jambes écartées d'Álvaro, se mit à lui caresser la raie des fesses avec un doigt qu'elle faisait monter et descendre doucement.

– La porte…, demanda Álvaro dans un murmure d'agonisant, ferme la porte…

– Non, comme ça si quelqu'un vient, on entendra…, lui dit-elle sans cesser de le caresser.

Álvaro était au ciel. La bouche entrouverte… les paupières pleines d'étoiles… Il hésitait entre se retourner et la pénétrer une bonne fois pour toutes ou rester comme il était, ce qu'il désirait le plus parce qu'il ne pouvait pas, selon lui, se retourner et la pénétrer, il n'avait en effet pas la force de changer de position. Il en vint à se dire « cette fille sait ce qu'elle fait » et se laissa aller. Ils étaient tous les deux vierges. Et le savaient. Chacun percevait à sa manière sa propre virginité, comme des experts sans expérience, parce que tout leur était facile : il n'y avait rien à faire, simplement à se laisser porter. Mais Álvaro avait dépassé les bornes. En un peu moins de cinq minutes de caresses, il s'était déjà mis à quatre pattes, agitant son cul en l'air comme un drapeau. N'importe quelle autre femme, et même n'importe quelle autre fille de l'âge de Rocío, aurait été déçue. Rocío non. Elle passa littéralement sa langue sur ses lèvres, baissa d'un doigt le bas de son maillot de bain (découvrant une petite bite d'un rose peu scrupuleux, d'un rose farineux) et avança à genoux sur le lit vers le cul de l'idiot. Ce qu'éprouva Álvaro lors de ce premier contact fut presque aussi intense que ce qu'il ressentit quand il entendit la voix de Kraken – le sensible spontané s'échauffe beaucoup moins qu'il ne s'effraie :

– Les enfants !

Eux, bien entendu, firent un saut et (avant de se précipiter vers quelque chose derrière quoi se cacher) pointèrent leurs lances vers lui. Il faut dire que Rocío, agile comme elle l'était, le visa un peu plus qu'Álvaro qui mit du temps à réagir et resta, pendant quelques secondes, seul sur le lit, le cul dressé, une image de lui-même qui le poursuivrait jusqu'à la tombe. Pendant ce temps (c'est incroyable le nombre de choses qui peuvent se produire dans les moments les plus triviaux de la vie d'un homme), Kraken titubait. Si, à ce moment précis, un cardiologue avait été présent… Je sais qu'il est extravagant d'imaginer un cardiologue dans la pièce, mais je mets ma tête à couper qu'il aurait dit que Kraken était victime d'un infarctus. En même temps, rien n'était plus faux ! Car il porta une main à sa gorge et devint, certes, tout blanc, mais, il lui suffit de faire un pas en arrière pour quitter la pièce. Les enfants non ; eux, il leur fallut la journée. Une journée difficile. Une minute après les avoir découverts, Kraken servait un whisky à Érika.

– Glaçons ?

– Kraken ! s'écria Érika, amusée. Je ne bois pas.

– Qu'est-ce qui t'arrive, Kraken ? lui demanda sa femme Suli assise sur le canapé.

Il répondit qu'il ne lui arrivait rien et demanda quel était le sens de cette question.

– Aujourd'hui, à midi, tu m'as proposé un joint. Tu ne sais pas que je ne fume pas ?

Muhabid, qui suivait la scène de la porte tout en secouant le sable de ses pieds, se rendit compte que les femmes étaient entrées en compétition. Il se signa mentalement. Elles pouvaient être d'un ridicule achevé, blessantes. Pour sa part,

Cynisme

Kraken, entendant le petit cri d'Érika « *Je ne bois pas !* » et regardant cet obsessionnel de Muhabid donner à ses pieds beaucoup plus de tapes qu'il n'en fallait, reconnut que le malaise qu'il ressentait était davantage lié à Muhabid et Érika qu'à ce qu'il venait de voir dans la chambre. Le temps de la lâcheté était arrivé : il ne raconterait jamais ni à Suli ni à personne ce qu'il avait vu. Il avait toujours su que ces choses arriveraient, il s'y était préparé et pouvait se débrouiller seul. Après tout, en quoi était-il inquiétant que sa fille hermaphrodite et mineure défonce le cul du fils de son invité ? Il se sentit mieux en pensant à eux. Il ne supportait plus les autres.

Il se passait des choses à une vitesse surprenante. La pudeur d'Érika, fuyant le regard d'Álvaro depuis la scène dans le bois, avait vieilli d'une façon hallucinante à la lumière du dernier épisode. L'intérêt pour l'autre se réduisit d'abord à de la politesse, puis à une simple conversation (avec sans arrêt des bouffées de haine parfois explicites). Une seule note d'harmonie : tout était mutuel.

Muhabid et Érika partiraient sans tarder. C'étaient des gens civilisés, perspicaces, pleins de bonnes intentions, mais encore un peu hébétés par la surprise : ils avaient toujours trouvé Suli et Kraken très intéressants. Pourquoi ne les supportaient-ils plus ? Rocío savait que la question était simple, que les parents d'Álvaro y répondraient vite et qu'ils allaient vite partir, mais elle restait étrangère à tout. Qu'en avait-elle à faire ? Qu'ils s'en aillent ! Elle était tombée amoureuse. Álvaro, en revanche, la poursuivait avec une ténacité qui lui donnait envie de le tuer. Il la regardait, l'écoutait, lui parlait, la cherchait, lui souriait, l'attendait, la comprenait. Rocío ne savait pas comment se débarrasser de lui. En général, elle tournait la tête et agitait une main en l'air, comme si Álvaro était une mouche. Son geste le plus aimable consistait à le regarder fixement et à lui faire lentement, sans rien dire, un signe de tête négatif. Álvaro devenait fou. Il n'avait jamais été aussi échauffé.

– Qu'est-ce qui t'arrive, pourquoi me repousses-tu comme ça ? lui demanda-t-il un après-midi après l'avoir poursuivie et coincée contre un pin.

Rocío croisa les bras et le regarda un moment comme si elle l'analysait.

– Toi, la seule chose que tu veux faire, c'est baiser, n'est-ce pas ? lui demanda-t-elle.

Tout son cynisme avait été biffé d'un trait de plume. Par l'amour.

– Pas du tout, répondit Álvaro, qui haletait encore après avoir couru. Qu'est-ce qui te fait penser ça ?

– Je ne sais pas, il me semble… répondit-elle.

– Mais après tout, pas toi ? lui demanda Álvaro.

– Pas moi quoi ?

– Toi, tu ne veux pas ?

– Si, répondit Rocío. Mais je ne vais pas le faire.

– Et pourquoi ? Si tu en as envie.

– Parce que tout ce que tu veux, c'est ça !

– Non ! rétorqua Álvaro en jetant un coup d'œil à droite et à gauche, davantage pour se donner le temps de réfléchir que parce qu'il pensait que quelqu'un pouvait les voir. Moi, il m'est arrivé quelque chose avec toi… (C'est tout ce qui, à ce moment-là, lui vint à l'esprit.)

– Je ne te crois pas une seconde, dit Rocío.

– Non, c'est sérieux, crois-moi. Et je te dis plus : avant, je ne te supportais pas, je te trouvais impossible. Je voulais justement te le dire. Mais maintenant…

– Laisse-moi, dit Rocío.

– Attends, ne t'en va pas.

– Lâche-moi.

Álvaro l'avait attrapée par un bras.

– Qu'est-ce qui s'est passé ? On passait de si bons moments ! Écoute-moi, Rocío… Donne-moi un baiser… Ok, ok, écoute-moi… Je te jure sur Dieu et sur ma mère que c'est vrai qu'il m'est arrivé quelque chose… Je ne sais pas, il ne m'était jamais rien arrivé de ce genre…

– Ça suffit, dit Rocío.

Elle se libéra d'Álvaro et se mit à courir vers la maison. Celui-ci faillit la suivre, mais il renonça quand il vit à quelques mètres de lui ses parents en train de discuter dans le jardin. Ils susurraient mais en faisant des gestes emphatiques, donnant l'impression de discuter sans émettre de sons. Aussi changea-t-il le rythme de ses pas. À mi-chemin, il changea aussi de direction, Kraken s'approchait de lui. Il feignit d'avoir vu une petite chose par terre, s'en approcha, se pencha, la toucha avec un bâton, la prit dans sa main, se releva, retourna sur ses pas et la jeta énergiquement vers le bois. À son retour, ses parents discutaient toujours, mais Kraken les avait rejoints. Leurs bras s'agitaient comme des astérisques, émettant une sorte de crachotement électrique qui ne s'interrompit pas quand il passa près d'eux, même si sa mère et Kraken tournèrent la tête pour le suivre des yeux. Il chercha Rocío dans toute la maison, même dans les toilettes. C'est précisément de l'intérieur des secondes que parvint à ses oreilles la voix flûtée de Suli lui disant que Rocío venait de sortir. Álvaro alla à la plage, la chercha partout, mais il ne la revit que le soir, au dîner. Rocío avait passé la journée avec le fils d'un voisin qui venait d'arriver à Punta del Este et l'avait invité à manger. Il s'appelait Rosendo, avait quatorze ans et une tête de parfait imbécile. Il avait de toute évidence été programmé pour triompher : son silence était méprisant, il n'était ni lourd ni évanescent mais, avant de prononcer ses phrases, il prenait un air qui disait tout, si bien que ses mots étaient à la fois redondants et rassurants. Il savait parfaitement que ce qui comptait, c'étaient le timbre, le ton, le rythme, l'attitude, jamais le concept. Et il le faisait très bien. Álvaro était convaincu de deux choses : la première, qu'à un moment de sa vie, Rosendo règnerait sur une parcelle du monde ; la seconde, que Rocío l'avait invité à dîner pour le rendre jaloux. Il sourit. Si elle voulait le rendre jaloux, c'était parce qu'il comptait pour elle.

Ce qu'il ne comprenait pas, c'était pourquoi Rosendo le regardait ainsi. Mais il eut la réponse dans la soirée, après le dîner. Rosendo s'approcha tout à coup de lui et lui dit :

– Si tu révèles à quelqu'un le secret de Rocío, je te fais tuer.

– Quel secret ? demanda Álvaro à Rocío deux heures après. (Son cœur battait encore à tout rompre.) Tu as fait l'amour avec lui ?

Il était onze heures du soir. Rocío était couchée. Álvaro était entré dans sa chambre sur la pointe des pieds et s'était assis sur le bord du lit. Il n'avait qu'un caleçon blanc sur lui.

– Réponds-moi, tu as fait l'amour avec lui ? répéta Álvaro. Tu as couché avec lui, et avec moi, tu ne veux pas ?

Le caleçon blanc était tout ce qu'on voyait d'Álvaro dans l'obscurité de la pièce ; il prit toutefois un air décontracté en tendant une main vers l'entrejambe de Rocío. Elle glissait lentement au-dessus de la couverture, à quelques centimètres d'elle, sans l'effleurer, modifiant même sa hauteur selon les dénivelés du terrain. Le programme de vol incluait un peu plus tard une brusque descente.

– Ça ne te regarde pas.

– Tu m'as dit que tu étais vierge…

– Je t'ai menti.

– Ah bon ! C'est encore mieux ! Si tu n'es pas vierge, où est le problème ? Tu couches avec moi aussi, et on n'en parle plus…, dit Álvaro, la main déjà posée sur son objectif.

Mais à ce moment-là, Rocío s'écria :

– Imbécile, imbécile ! Elle se mit à plat ventre et pleura.

– Qu'est-ce qui s'est passé ?

– Va-t-en…

– Qu'est-ce que j'ai dit ?

Silence. Sanglots sourds.

– Rocío… je ne sais pas… pardonne-moi… qu'est-ce qui t'a mise dans cet état ?

– Tu veux faire l'amour avec moi ? demanda Rocío en se remettant sur le dos.

Elle ne pleurait plus.

La réponse surprit Álvaro.

– Ici ? demanda-t-il.

Ils s'étaient habitués au noir et les hésitations aussi bien que les acquiescements commençaient à devenir visibles. Rocío approuva d'un signe de tête. Álvaro fronça les sourcils et pencha très légèrement la tête en arrière. Mon Dieu, c'était ce qu'il désirait le plus dans la vie et, juste au moment où il pouvait le faire, l'endroit lui semblait inadéquat. Ses parents (ceux d'Álvaro) dormaient dans la chambre de gauche et ceux de Rocío dans celle de droite. Il se sentait traqué.

– Sors-la, lui dit Rocío.

– Quoi ?

– Sors-la, répéta Rocío.

Álvaro comprit que dire deux fois « sors-la » signifie « ça ».

Au cas où, il se regarda. Rocío insista :

– Vas-y !

Álvaro se dit que Rocío allait la lui sucer. L'idée, à vrai dire, ne l'enthousiasmait guère, mais on ne pouvait pas dire que c'était un mauvais commencement. Malgré les ronflements, les sifflements et les toux des parents, il la sortit.

– Vas-y !

– Où ?

– Fais-en une.

– Une quoi… ?

– Une branlette, pardi ! Quoi d'autre ?

– Tu veux que je me fasse une branlette ?

Le caleçon d'Álvaro fut un instant assorti aux yeux de Rocío qui se pâmaient.

– C'est tout ce qu'on peut faire ici.

– Mais Ro…

– Ne m'appelle pas Ro. Vas-y, ne sois pas con, si tu en mourais d'envie…

– On ne m'a jamais demandé ça…

– On n'a jamais voulu te voir. Moi, je veux te voir.

– Ferme les yeux…

– Qu'est-ce que ça a de plaisant ?

Álvaro la supplia :

– Laisse-moi te toucher…

– Non, quelqu'un peut entrer. (Silence)

– Vas-y !

– Ce ne serait pas mieux que tu me la fasses, toi ?

– Allez, Álvaro. Tu me fatigues.

– Bon, ça va, ça va, rétorqua Álvaro en prenant sa bite de la main droite. Il fit une pause, se demanda si ce qu'il allait faire était bien ou mal, et se masturba aussitôt à la vitesse d'un éclair. Puis il dit :

– Maintenant c'est à toi.

Rocío n'arrivait pas à y croire.

– C'est *comme* ça que tu te branles ? lui demanda-t-elle.

– Oui, je ne sais pas, qu'est-ce que j'en sais, répondit Álvaro, gêné. Touche-toi.

– Pas folle.

– Fais pas chier. C'est ce qui avait été décidé.

– Faux.

– On n'a pas dit que, moi, je me branlais le premier, puis que c'était à ton tour ?

– Non.

– Bon, tant pis. Touche-toi.

– Non, c'est hors de question.

– Tu veux que je le fasse ?

– Sûrement pas !

– Pourquoi ?

– Parce que je ne veux pas, c'est tout.

– C'est injuste…

– Qu'est-ce que la justice a à voir ?

– Alors je me branle de nouveau, mais c'est toi qui me le fais, dit Álvaro, la syntaxe à fleur de peau.

– Tu te rends compte à quel point tu es devenu *grossier* ces jours-ci ? lui demanda Rocío.

– Et alors ! Tu me laisses te voir ?

– Ça suffit.

– Juste un petit peu, à peine. Une minute.

Rocío bâilla.

– J'ai sommeil… dit-elle.

– Moi, je suis frais comme un gardon…

– Sérieusement, Álvaro, je veux dormir, il est tard.

– Qu'est-ce qui t'arrive avec moi ? Pourquoi tu me traites comme ça ? Tu me dis que tu veux faire l'amour avec moi et, quand je veux, toi, tu ne veux pas…

– Hystérie.

– Fais pas chier. Donne-moi quelque chose, même si c'est… je ne sais pas…

– Tu es si chaud que tu fais de la peine. Tu ne te rends pas compte que je suis tombée amoureuse de toi ? Je t'ai dit que je voulais coucher avec toi parce que j'étais sûre que je ne tomberais jamais amoureuse de quelqu'un comme toi, mais je me suis trompée. Je souffre. Et je sais que si je t'en donne le goût, je serai encore plus amoureuse, je souffrirai plus et je ne veux pas.

– Tu as peur.

– De quoi ?

– De l'amour, de quoi d'autre ?

– Oui.

– N'aie pas peur…

– Non, je n'ai pas peur de l'amour. J'ai peur de souffrir, de souffrir encore plus que maintenant. Je ne suis pas une fille normale…

– Ne dis pas ça.

– C'est la vérité. Tu le sais. Je ne veux pas. Va dormir, s'il te plaît, laisse-moi seule.

– Rocío…

– Eh bien, dit-elle en se redressant tout à coup dans son lit et en rivant ses yeux injectés de sang sur lui, ou tu pars tout de suite ou je te jure que je crie.

– Quand même ! s'écria Álvaro, effrayé.

Il n'ajouta rien.

Il se leva, alla dans sa chambre, entra dans son lit, réfléchit quelques secondes à ce qui s'était passé puis ferma les yeux. Quand il les rouvrit, il y avait du soleil. Il avait une croûte au menton qui lui faisait un peu mal et il était angoissé. Il ne se leva pas tout de suite, il réfléchit. Tout en ôtant la croûte, il passa en revue ce qu'il avait fait, la veille, dans la chambre de Rocío et, remontant un peu dans le temps, il revit la menace de Rosendo, le dîner, la discussion de ses parents dans le jardin… Petite pause. Le dîner. Il y avait là quelque chose. Quoi ? Jambon et melon. Poulet rôti, sauce aux airelles. Endives et betteraves rouges. Vin blanc, vin rouge, poires, glaces, beaucoup de vin. Jamais, depuis leur arrivée, ils n'avaient aussi bien mangé et n'avaient été aussi bien traités. En plus, la conversation filait et évoquait des bagatelles – des anecdotes dramatiques, amusantes – : pour la première fois en onze ou douze jours de coexistence, ils étaient tous sincères et passaient un excellent moment. Ils passaient un excellent moment.

– L'été dernier, on est allés sur une petite île du Brésil. Muhabid, Álvaro et moi, plus un ami d'Álvaro qui, bon, a un petit problème mental et…

– Huit ans d'âge mental, au maximum, précisa Muhabid, mais Álvaro l'adore.

Ils regardèrent tous Álvaro et lui adressèrent des sourires bienveillants (toutefois Rosendo le regardait fixement et Rocío riait sous cape).

– Le petit ami d'Álvaro… tu te souviens, Álvaro ? ajouta Érika, s'est mis à régresser. Imaginez : il a la mentalité d'un gosse de huit ans et, en plus, il régresse. Et on était sur une île ! Vous ne savez pas ce qu'était cette île…

– Elle était pleine de pédales, précisa Muhabid.

– Et qu'est-ce qu'elles s'amusaient ! s'écria Érika.

– Pourquoi les pédales s'amusent-elles autant ? se demanda Suli. Moi, je suis l'amie de quelques pédales très intelligentes qui devraient être angoissées, pourtant...

– Qui sait..., dit Muhabid.

– Donc avec ce petit ami d'Álvaro sur le dos..., euh..., disons qu'il ne nous était pas très facile de « profiter de la vie » comme disent les jeunes, ajouta Érika. (Les jeunes gens se regardèrent : ils n'avaient jamais parlé ainsi.) On la regardait passer. Tout le temps. On mourait d'envie de participer au bordel généralisé, mais on a dû se contenter de regarder la vie passer. Je reprends ta question, Suli. Bonne question : pourquoi les pédales s'amusent-elles autant ? C'est pas vrai, Muhabid, qu'on se posait tout le temps cette question ?

Muhabid avait un verre de vin au bord des lèvres, mais il acquiesça quand même.

– J'ai vu des couples avec deux ou même trois enfants dans les bras regarder la fête avec envie, et je vous jure que je me suis sentie comme eux, si ce n'est pire...

– Tu en mourais d'envie, hein ? lui demanda Kraken avec un sourire équivoque.

– Oui, crois-moi, répondit Érika. Et pas seulement moi… précisa-t-elle en regardant du coin de l'œil Muhabid qui ne se sentait pas concerné même si sur l'île, il lui était souvent arrivé d'être ridicule. Musique toute la journée, hasch, sexe, alcool, peu de bavardages, beaucoup de regards. Il suffisait de se laisser porter.

– De se laisser porter ? s'écria Muhabid. C'était le déchaînement complet.

– Que c'est moche ce truc qui t'est arrivé ! dit Suli. Là-bas avec un tas d'enfants ou un invité mongolien comme dans ton cas, et *elles* qui dansent, étrangères à tout. Non, ce n'est pas juste, que veux-tu que je te dise ?

– J'ai passé une semaine à chercher quel pourrait être le châtiment idéal pour les pédales et je te jure que je n'ai pas trouvé la réponse. Elles sont invulnérables.

– Moi, je leur interdirais les chaînes hi-fi, dit Kraken.

Tous, y compris Rocío et Rosendo, éclatèrent de rire. Pourquoi passaient-ils soudain un si bon moment ? se demanda Álvaro encore au lit.

Étaient-ils allés au casino, avaient-ils gagné ? Qu'avaient-ils dans les mains ? *Avaient-ils* – à part des verres, des couteaux et de la vaisselle – quelque chose dans les mains ? Oui. Oui. Álvaro répéta « oui » à peu près trois ou quatre fois et remarqua que jamais (depuis qu'ils étaient là), il n'avait entendu quelqu'un utiliser cet innocent petit mot capable d'interrompre l'argumentation la plus solide et la mieux articulée du monde. « Oui ». Que c'est curieux, se dit-il. Maintenant qu'il comprenait tout, « oui » était tout à coup devenu un monosyllabe triste. Si ses parents et ceux de Rocío avaient passé une aussi bonne soirée, c'était tout simplement parce qu'ils faisaient leurs adieux. Ils ne se supportaient plus. Ils avaient cessé de se tenir sur leurs gardes. Il était temps de s'en aller. Qui sait jusqu'à quand, peut-être pour toujours. L'idée de s'en aller sans avoir consommé… L'idée de s'en aller sans avoir résolu son… Impossible de continuer. Il était sûr que s'il avançait, il se heurterait à sa sexualité, et lui, ce qui l'oppressait – et l'angoissait –, c'était autre chose : baiser ou ne pas baiser. Il sauta du lit (son érection venait de disparaître) et se précipita dans la salle de séjour. Il avait raison. Sa mère posait une valise à côté d'une autre tandis que son père, étranger aux efforts de sa femme, essayait à voix basse de formuler des remerciements qui ne venaient pas. Son corps était si tendu qu'on devinait qu'il ne les dirait pas convenablement. Son visage était contracté et, à chaque mot, il assenait un coup de poing, incapable de dire « merci » sans s'être battu.

– Quoi, vous partez ? demanda Álvaro.

– *On* part ? Pourquoi, toi tu veux rester ? lui demanda Érika d'un ton ironique.

Elle avait traîné la valise d'un obsessionnel et était épuisée, mais son ironie était tout de même restée intacte.

– Que s'est-il passé ?

– Je te raconte sur le bateau, lui répondit son père.

– Mais quoi, on ne devait pas rester jusqu'au 7 ? demanda cet inconscient d'Álvaro.

– Non. On part, habille-toi, d'autant plus que ta mère essaie de te réveiller depuis un bon moment. Le bateau part à dix heures et demie. Si je le rate, Álvaro… je te jure que si je le rate à cause de toi, je te…

Oui, il valait mieux qu'il n'ajoute rien.

À huit heures et demie, ils étaient tous les six dans la voiture de Kraken. Il était encore tôt, mais la route était déjà pleine de mirages. Muhabid et Érika devant. Néstor, Suli et Álvaro derrière. Rocío au milieu : les fesses sur la banquette arrière et la tête sur le siège avant. Personne ne parlait. Même la radio était éteinte. Pendant le trajet, Álvaro imagina plus de cent occasions de sortir un revolver, d'assassiner ses parents et ceux de Rocío, de prendre le volant, d'arrêter la voiture et de violer la fille avec la bouche, la main et le cul mais, à ce moment-là, ses yeux s'emplissaient de larmes… en plus, il ne savait pas conduire. Il se réprima tant pendant le trajet que, lorsqu'ils arrivèrent enfin au port, il eut du mal à sortir de la voiture. Érika descendit les valises, Muhabid et Kraken échangèrent de courtes plaisanteries, Suli montra à Rocío un horrible petit panier d'osier exposé dans une boutique de babioles touristiques après l'avoir empêchée, dix mètres avant, de poser ses pieds dans du vomi. Álvaro était toujours assis dans la voiture, il n'arrivait pas à croire qu'il s'en allait. « J'ai la tête en morceaux », « je ne sais pas comment je vais me tirer de cette histoire », « la putain de mère qui les a mis au monde » étaient les phrases les plus récurrentes. Il se sentait même un *autre* mais pas forcément *meilleur*.

– Álvaro, on s'en va ! Qu'est-ce que tu fais ? lui cria son père entre deux plaisanteries.

Il descendit alors de voiture.

Il rejoignit Rocío qui revenait des toilettes en sifflant comme un homme devant un petit kiosque de fleuriste situé sur un côté de la douane tandis que les quatre parents se donnaient des accolades et de faux baisers.

– Rocío, lui dit Álvaro en l'attrapant par un bras. (Il était agité, non pas parce qu'il avait couru mais à cause du peu de temps qu'il avait devant lui.) Que s'est-il passé ?

– Je te l'ai déjà dit : l'amour. Je suis tombée amoureuse.

– Et comment se fait-il alors que tu sois si calme ? Tu ne vois pas que je m'en vais ? Pourquoi n'as-tu pas voulu faire… ?

Rocío l'interrompit :

– C'est injuste que moi, je sois tombée amoureuse, et toi non. Injuste *vis-à-vis* de toi. Dommage. Tu ne sais pas comme c'est fort, lui dit-elle.

– Álvaro ! cria sa mère de loin.

Álvaro la regarda, puis il regarda de nouveau Rocío à la vitesse de l'éclair.

– S'il te plaît… montre-moi…, lui dit-il. Avant que je m'en aille… laisse-moi voir…

Rocío sourit. L'idée semblait lui plaire alors qu'en réalité, elle la démolissait. Elle jeta un rapide coup d'œil autour d'elle, puis elle fit un pas en arrière vers le coin du bâtiment pour ne plus être dans le champ de vision de ses parents et lui montra ce qu'il demandait. Elle souleva sa jupe d'une main… baissa sa culotte avec le pouce… Une seconde.

– Mon Dieu…, réussit à dire Álvaro.

Rocío remonta la culotte. La jupe retomba sur ses cuisses. Muhabid (irrité, furieux) apparut et saisit le garçon par les cheveux.

– Je t'ai dit que si je rate le bateau… ! s'écria-t-il en le traînant.

Rien de plus.

Rocío entendit au loin la voix de sa mère qui l'appelait (« *Rocío, ils s'en vont !* »), mais elle ne se mit en mouvement que deux minutes plus tard. Elle ne sortit de sa cachette que lorsqu'elle fut sûre qu'Álvaro était parti. Ses yeux étaient pleins de larmes.

– Où étais-tu ? lui demanda Suli.

Rocío ne répondit rien.

Alors qu'ils retournaient tous les trois à la voiture, elle prit le bras gauche de son père et le passa autour de ses épaules.

Gonzalo Carranza est né en 1965 à Buenos Aires. Écrivain et journaliste, il est l'auteur de plusieurs romans publiés aux éditions Colihue à Buenos Aires :
– *Un Profesor Cobarde* (1997) ;
– *Máquina infernales. Guía de inventos imposibles* (1996) ;
– *El sistema de huída de la cucaracha* (1993).

AD MAJOREM DEI GLORIAM

Traduit de l'espagnol (Argentine)
par François Gaudry

Je suis prêtre parce que je suis vaniteux. Je sais que cette affirmation ne doit pas me faire honte. Les jésuites m'ont appris que nos faiblesses peuvent aussi nous rapprocher de Dieu et c'est justement ce que j'avais voulu expliquer, il y a déjà bien des années, en choisissant la conversion de saint Ignace comme sujet de mon dernier travail au séminaire. L'histoire dit que le fondateur de notre ordre, après avoir été blessé à la jambe en défendant Pampelune contre les armées françaises, décida d'abandonner le monde et de consacrer sa vie à prêcher l'Évangile, bouleversé par une collection d'hagiographies et une vie de Notre Seigneur qu'il avait pourtant commencé à lire à contre-cœur lorsque la dévote famille qui le soignait lui refusa les romans de chevalerie, les seuls livres qui à cette époque lui procuraient du plaisir. Cela dit, loin de nier la vérité des faits, j'avais avancé une autre interprétation. Ce ne furent pas les textes pieux qui transformèrent Ignace, mais lui qui transforma le contenu de ces ouvrages. Mon travail soutenait que notre fondateur avait lu les vies des saints comme des romans de chevalerie et trouvé dans l'esprit un champ de bataille plus glorieux encore que celui que sa jambe estropiée lui refusait. Toute notre spiritualité, riche en allusions militaires, nos règles, et jusqu'à notre nom, sont, en définitive, la conséquence de son obstination.

Une semaine après avoir remis mon travail, le père Avila, alors directeur des études au séminaire, me fit appeler dans son bureau et démolit mon argumentation.

– Selon ta thèse, Ignace ne serait que la version basque du *Quichotte*, dit-il après un long silence. Ton travail est purement rhétorique, il ne fait aucune place à la Grâce ; il ne montre que le déploiement de la volonté humaine et, c'est le comble, d'une volonté mal orientée.

Il était inutile de discuter. D'une seule phrase, le père Avila avait démontré la frivolité de mes arguments. Cependant, deux ans après mon ordination, lorsqu'il fut promu Provincial de la Compagnie en Argentine, il voulut que je sois son secrétaire personnel. Au fond, ma thèse lui avait peut-être plu.

Les tâches dont Avila me chargeait n'exigeaient pas un gros effort. Tous les matins, après les prières de l'office, au lieu de déjeuner avec la communauté, je le rejoignais pour dépouiller la correspondance et établir son emploi du temps de la journée. De plus, le père Avila faisait partie d'une commission internationale chargée d'actualiser nos règlements et statuts internes à la lumière des nouvelles directives du Concile, de sorte que trois fois par semaine je l'aidais aussi à rédiger de longs documents que nous envoyions à Rome, Madrid et Washington. Rien ne pouvait troubler cette routine, mais, le 6 février 1972, le jour où commence cette histoire, le Provincial ne m'attendait pas dans son bureau. Je me souviens qu'en sortant de la chapelle, je levai les yeux et vis sa silhouette à l'autre extrémité du couloir, traversant à pas pressés les rayons de soleil perpendiculaires qui transperçaient les vitraux. Au moment où nous nous croisâmes, il me fit un signe de la tête pour que je le suive. Nous sortîmes presque en courant de l'édifice pour nous diriger vers le parking.

Le père Avila monta dans la voiture sans prononcer un seul mot. Il était pâle et avait les traits tirés comme s'il n'avait pas fermé l'œil de la nuit. Je pensai que l'arthrite qui paralysait ses mains avait commencé à gagner son visage.

Notre résidence se trouvait dans un faubourg de San Miguel qui déjà à cette époque avait perdu son ancien attrait.

Obéissant aux indications du Provincial, je pris la route 8 jusqu'à un chemin de terre qui débouchait sur le parc Itatí, un quartier de baraques en tôle que je connaissais très bien pour y avoir enseigné le catéchisme pendant mes premières années de séminariste.

Quelques minutes plus tard, nous nous arrêtâmes devant l'unique maison en briques, une construction carrée comme une boîte de chaussures, dont la façade exhibait une horrible fresque saturée de palmiers et de fleurs. À la porte nous attendait une femme grande et mince, vêtue d'un corsage bleu ciel et d'un pantalon de la même couleur. Elle avait les cheveux teints d'un roux si vif qu'il rappelait le cuivre. Le père Avila la salua par une sorte de toux et, sans m'attendre, disparut derrière un rideau à lanières de plastique multicolores. Je le suivis, bien qu'il semblât ignorer ma présence. À l'intérieur, trois jeunes femmes et un homme d'âge moyen engoncé dans un costume gris usé se tenaient debout près d'une table métallique.

– Le commissaire Bermúdez, mon secrétaire le père Heredia, dit Avila mécaniquement.

Le policier tendit la main mais, au lieu de me saluer, il indiqua les chambres du fond qui communiquaient avec la pièce principale par un petit patio couvert. La porte de la première était grande ouverte, si bien que de notre position on pouvait apercevoir un bout de lit et, au-delà, la forme d'un corps recouvert d'un drap blanc. Nous nous avançâmes, mais seul Avila franchit le seuil. Le Provincial souleva le drap et mes yeux rencontrèrent les yeux ouverts du père Maza, le curé du quartier Itatí. Lui fermer les paupières aurait été un geste de piété, mais Avila laissa aussitôt retomber le drap et le visage figé du père Maza disparut de nouveau sous le tissu blanc.

– Il était avec moi…, dit une fille brune qui portait une minijupe orange.

– Une crise cardiaque inopportune, ajouta le policier sans dissimuler son sourire. Dès que nous avons été au courant, nous avons décidé de vous prévenir. Mais ne vous inquiétez pas, nous dirons qu'il est mort dans la rue en allant rendre visite à un malade.

Avila et moi sortîmes en silence de la maison, et en silence nous montâmes dans la voiture. Avant que nous démarrions, le policier se pencha à la fenêtre pour régler avec le Provincial un détail concernant le venue d'une ambulance. La femme aux cheveux roux se pencha elle aussi et, dans son mouvement, les plis de son corsage s'ouvrirent, révélant entre ses seins lourds un médaillon à l'effigie de Yemanyá, une divinité du syncrétisme brésilien qui comptait de nombreux adeptes dans le quartier.

Le père Avila annonça la mort de Maza le soir même avant le repas. Ainsi que l'avait suggéré Bermúdez, il prétendit qu'il avait succombé à une crise cardiaque en rendant visite à un malade. Le lendemain matin, nous interrompîmes tous nos activités pour assister à l'enterrement, mais pendant qu'Avila récitait les prières funèbres, je ne pouvais m'empêcher de penser à la maison aux palmiers. Nous avions tous deux établi un pacte tacite de silence qui impliquait de ne jamais faire allusion entre nous aux circonstances de la mort de notre compagnon, comme si l'autre n'était pas au courant du secret. Cependant, très vite, les rumeurs commencèrent à ternir le souvenir de Maza, l'un des prêtres de notre ordre qui avait étendu son influence dans le quartier. Avila et le Provincial précédent avaient toujours parlé de lui en termes élogieux, bien que probablement enflés par cette vénération que les religieux occupant d'importants postes administratifs se croient obligés d'éprouver pour les curés qui n'ont jamais abandonné leurs paroissiens.

Les jours qui suivirent l'enterrement de Maza comptent parmi les pires de ma vie. Les crises d'angoisse me maintenaient éveillé toute la nuit, et le lendemain je ne pouvais fixer mon attention sur rien. Je n'avais pas l'intention de rencontrer la fille à la minijupe orange, mais je savais où les camionneurs attendaient les femmes qui exerçaient son métier et, chaque fois que je revenais du centre San Miguel ou du collège où je donnais des cours, je réduisais la vitesse en passant sur ce tronçon de route. Un jour, à midi, trois semaines après l'enterrement, je l'aperçus en train de parler avec une autre fille à quelques mètres du croisement et, sans réfléchir, j'arrêtai la voiture sur le bas-côté. Je pris la précaution de dissimuler mon visage pendant qu'elle ouvrait la porte et, dès qu'elle se fut installée sur le siège, je démarrai sur les chapeaux de roue.

– Je ne veux pas aller avec vous, dit-elle quand elle me reconnut.

– J'aimerais juste savoir ce qui s'est passé, répondis-je sans détourner mon regard de la route.

Le soleil se réverbérait sur l'asphalte et m'atteignait en plein dans les yeux. Le bouillonnement de mon sang me frappait la nuque.

– Je veux savoir ce qui s'est passé ! m'écriai-je, et je la giflai.

La gifle claqua comme un coup de fouet et l'écho de ses vibrations mit une éternité à s'éteindre. La honte m'empêchait de parler. Je n'eus pas d'autre solution que de réduire la vitesse et de déposer la fille au bord de la route.

Ce jour-là, j'arrivai au réfectoire quelques minutes avant la fin du déjeuner. Dans les dernières paroles du lecteur, je reconnus la parabole des talents. Je mangeai sans appétit, mais en prolongeant chaque bouchée comme doivent le faire, j'imagine, les condamnés à mort. Je disposais de trois heures pour préparer les classes de la semaine, mais comme je montai l'escalier conduisant à ma chambre, frère Gómez, le portier, me héla pour me prévenir qu'on me demandait au téléphone. C'était Luis Benítez, un des prêtres de l'hôpital de San Miguel. Nous avions été condisciples au séminaire, mais il y avait des mois que nous ne nous étions pas parlé.

– Une fille grièvement blessée vient d'arriver et tout ce qu'elle a dit c'est qu'elle veut parler au père Heredia.

– Qu'est-ce qui lui est arrivé ?

– On lui a tiré dessus d'une voiture.

Je raccrochai, courus au parking et, sans prévenir personne, je partis. En arrivant au virage de l'École-Nouvelle, je dus m'arrêter derrière une longue file de voitures. Un vieux taxi collectif en travers du chemin barrait l'accès au bidonville qui s'étendait à ma gauche. Malgré le concert de klaxons, on percevait le son lointain d'un porte-voix. Nous savions tous ce qui se passait : un groupe de jeunes gens armés s'était emparé d'un camion transportant des aliments, pour ensuite les distribuer dans le quartier. Les slogans politiques alternaient avec les strophes de l'hymne national, car eux aussi étaient très respectueux des symboles patriotiques.

Je restai coincé une heure dans cet embouteillage et, quand enfin j'arrivai à l'hôpital, la fille était morte.

– À vrai dire, personne ne sait très bien ce qui s'est passé, dit Benítez pendant que nous marchions dans le couloir. Elle travaillait dans un bordel d'Itatí, mais le policier qui l'a amenée a dit qu'il avait été fermé il y a plus ou moins un mois.

Je suggérai qu'elle avait peut-être été touchée par une balle perdue, mais il n'accorda aucune valeur à cette hypothèse.

– La police ne va pas enquêter, ajouta mon ami. La seule chose qui les intéresse, c'est réprimer les grèves et les opérations des guérilleros.

Je m'étonnai d'entendre Benítez utiliser ce langage, mais je ne le lui fis pas remarquer. Mon esprit travaillait dans une autre direction. L'assassinat de la fille démontrait que la scène dans la maison du quartier Itatí n'était qu'une mascarade orchestrée par Bermúdez pour nous égarer. Un des tueurs qui protégeaient la fille l'avait probablement vu monter dans ma voiture et craint une délation. Peu à peu, les pièces du puzzle se mettaient en place. Tout indiquait que Maza avait découvert quelque chose qui devenait un problème pour le commissaire. Nous n'aurions jamais dû douter de son intégrité.

La circulation maintenant était fluide. En conduisant, je me rappelai la lecture du repas, la parabole des talents, ce terrible récit de l'Évangile qui montre le Seigneur comme un patron impatient qui demande plus que ce qu'il donne et exige encore plus que ce qu'il ordonne. Je ne pouvais plus revenir en arrière. Je devais rencontrer les camarades de la fille assassinée, mais, si le bordel avait déménagé, le retrouver était une tâche héroïque. Les zones périphériques du Grand Buenos Aires forment un véritable labyrinthe. Les ruelles le long desquelles s'entassent de petites maisons de tôle ne portent pas de nom et les quartiers ne figurent sur aucun cadastre. On peut passer des jours entiers à parcourir ce paysage homogène et chaotique sans savoir où l'on est. Mais j'avais la pointe de l'écheveau. Le médaillon que j'avais vu sur la poitrine de cette femme trahissait l'adepte d'un culte afro-brésilien qui, après tout, ne m'était pas complètement étranger puisque, trois ans plus tôt, j'avais connu plusieurs de ses membres dans une coopérative de logements du parc Itatí. Je n'eus aucun mal à me rappeler où habitait un des pratiquants les plus éminents.

À peine un quart d'heure après avoir quitté l'hôpital, je garai ma voiture devant une maison en bois qui faisait face à un débit de boissons, puis je m'engageai sur un bref sentier caillouteux et entrai dans une pièce obscure presque entièrement tapissée d'images pieuses grandeur nature. Je reconnus saint Étienne et saint Antoine. Dans un coin se dressait une immense statue de saint Georges et le dragon. Sans le vouloir, je tapotai la tête du dragon et constatai qu'elle était creuse et en plastique. À cet instant entra Rubem, une de mes connaissances de cette époque qui arborait le titre ronflant de *Pai* (Père). Il avait beaucoup grossi, portait la barbe et un *tee-shirt* bleu à rayures vertes horizontales qui amplifiaient sensiblement sa corpulence. Après m'avoir salué, il me fit passer dans une pièce plus petite qui servait de bureau.

– Nous souhaitons vivement parler avec toi, dis-je en soulignant le pluriel.

Rubem connaissait ma proximité avec la direction de la Compagnie, et je tenais à donner à ma visite un caractère officiel. Je lui demandai d'emblée, de la manière la plus elliptique possible, s'il serait disposé à nous aider à trouver une personne de sa communauté.

Au lieu de me répondre, Rubem commença à se plaindre sur un ton monotone et pâteux, qui me fit penser un instant qu'il était ivre. Il prétendit que depuis des années il souffrait de persécutions injustes, que la police l'accusait de crimes invraisemblables et qu'à cause de ce harcèlement incessant il lui était de plus en plus difficile d'exercer son culte dans la zone. Je dus écouter presque dix minutes de jérémiades avant de comprendre ce qu'il voulait.

– Je te promets que nous allons tout faire pour réparer cette injustice, dis-je en acceptant une négociation implicite.

À partir de là, tout fut beaucoup plus facile. Rubem connaissait la femme aux cheveux roux et eut la délicatesse de me faire un petit plan indiquant la nouvelle adresse de la maison où elle travaillait. Il m'offrit même une petite bourse en velours noir qui, d'après lui, me porterait chance à condition de ne jamais l'ouvrir pour voir son contenu.

Le bordel avait été transféré à Loma Hermosa, une localité qui n'était pas très loin du quartier Itatí. Il n'avait pas plu depuis des semaines et, en roulant dans les rues en terre, la voiture soulevait des nuages de poussière. Une faible lumière bleutée flottait dans l'air. Le soleil avait disparu, mais il ne faisait pas encore nuit. Deux kilomètres après la déviation que Rubem avait indiquée sur le plan, je trouvai la réplique exacte de la maison du quartier Itatí, derrière un bosquet d'eucalyptus. Le même rideau à lanières en plastique protégeait l'entrée, et les mêmes fleurs et les mêmes palmiers s'efforçaient d'égayer la façade.

Je passai trois fois devant la porte avec l'espoir de voir entrer Bermúdez ou la femme aux cheveux roux. Ce qui fut une terrible erreur, car, lorsque je m'arrêtai près du bosquet pour tourner une dernière fois, quelqu'un sortit de l'obscurité et, avant que je puisse réagir, ouvrit la portière de la voiture et m'appliqua sur le visage un linge humide. Je tentai de résister, mais en vain. Je crois que je finis par m'abattre sur le volant car le son continue du klaxon accompagna tous mes rêves.

La sensation d'étouffement fut aussi présente pendant que la drogue me maintenait endormi, c'est pourquoi à mon réveil j'ouvris la bouche comme un plongeur qui vient de regagner la surface après une remontée pénible. J'avais les mains liées au montant d'un lit en fer, mais on ne m'avait pas bandé les yeux et, heureusement, la seule petite ampoule qui pendait du plafond était allumée. Ma cellule était une pièce sans fenêtre, aussi exiguë que celle qui avait hébergé le corps du père Maza. Je n'arrivais pas à croire à ce qui m'était arrivé, mais, si absurde que cela paraisse, j'étais tranquille et je n'éprouvais qu'une espèce de curiosité morbide de connaître la suite des événements. Je ne priai même pas. Aujourd'hui, en écrivant ces lignes, je pense que cette amnésie émotionnelle tenait sûrement aux effets de la substance qui m'avait endormi à l'intérieur de la voiture. Mais il est tout aussi vrai que contempler les yeux ouverts du père Maza avait transformé ma vie en une représentation exécutée par un automate.

Je ne sais combien de temps s'écoula jusqu'à ce

que je perçoive des voix derrière la porte. Je ne sais pas non plus si je me rendormis ou restai éveillé. Tout tournait autour de moi, mais lorsque la porte s'ouvrit enfin et que je reconnus Avila qui entrait dans la pièce, je sus que j'avais déjà imaginé cette scène.

– Je ne pensais pas te retrouver ici, dit-il sans la moindre expression avant de trancher avec un canif les liens qui m'attachaient au lit. Je te demande seulement de ne pas me juger trop vite. J'espère que tu n'as pas la vanité de penser que tu peux comprendre tout ce qui s'est passé.

Le Provincial rangea le canif dans sa poche et, après s'être assis à côté de moi, continua sur le même ton monocorde :

– Nous ne pouvons pas suivre le rythme du monde. Ici, c'est une poudrière, mais nous avons le devoir de rester en marge. Ce gouvernement passera et cette rébellion aussi, mais nous, nous resterons. Maza avait pris parti et voulait entraîner d'autres avec lui. Cette attitude non seulement risquait d'amener une fracture dans la Compagnie, mais aussi de provoquer une intervention de Madrid. Et ça, je ne pouvais pas le permettre. Parfois, entre deux maux il est très difficile de choisir le moindre. Cela ne me plaisait pas d'utiliser Bermúdez, mais je crois que je n'avais pas le choix. Placer le corps dans un bordel m'assurait que personne ne viendrait enquêter. La peur du scandale était ma meilleure garantie. Personne n'allait vouloir parler de l'affaire et, pour m'en assurer, je me suis moi-même chargé de diffuser des rumeurs qui frôlaient la vérité.

Je ne répondis pas, je ne dis rien. Je me rappelle seulement mes sanglots contre la poitrine du Provincial.

Trois jours plus tard, la Compagnie me transférait dans un collège du centre de Quito.

– Tu vas arriver juste pour la fête de San Francisco de Borja, me dit Avila en guise d'au revoir.

Sa remarque n'était pas gratuite. Avant de se convertir, San Francisco de Borja était le serviteur d'une princesse espagnole qui venait de se marier avec un haut dignitaire de la cour portugaise. La princesse mourut peu de temps après et Francisco fut chargé de ramener sa dépouille en Espagne, mais avec une telle malchance qu'à mi-chemin la voiture qui les transportait se renversa, et le cadavre, qui aurait dû être enterré depuis longtemps, apparut à la vue de tous. Francisco contempla avec épouvante le nouveau visage de la princesse, mais cette vision qui l'emplit d'amertume lui servit aussi de consolation. C'est ce jour-là qu'il décida de devenir l'esclave du seul maître qui ne subit pas la corruption du temps. Les années ont transformé les événements qui entourèrent la mort du père Maza en un rêve lointain, mais depuis lors, toutes les nuits, je prie pour que le Seigneur m'accorde la même grâce que celle qu'il a accordé à son serviteur Francisco. Moi aussi je veux voir le reflet de sa gloire là où d'autres ne trouvent que pourriture et horreur.

Ricardo Piglia est né en 1941 à Adrogué dans la province de Buenos Aires. Il a étudié l'Histoire à l'Université Nationale de La Plata. Puis il a travaillé pendant une décennie dans plusieurs maisons d'édition de Buenos Aires, et y a notamment dirigé la « Série Noire », célèbre collection de romans policiers. Il est aussi critique et essayiste. Entre 1977 et 1990, il a été professeur invité dans diverses universités des États-Unis dont celles de Princeton et Harvard. Il a composé avec le musicien Gerardo Gandini l'opéra *La Ciudad ausente*, basé sur son propre roman et joué pour la première fois en 1995 au Teatro Colón à Buenos Aires. Son œuvre a été traduite en plusieurs langues, notamment en anglais, français, italien, allemand et portugais.

Bibliographie :
– *La Ville absente*, roman, 1992, Zulma, (2009) ;
– *Le Dernier Lecteur*, essai, Christian-Bourgois Éditeur, (2008) ;
– *Argent brûlé* , roman, 1997, Éd. André-Dimanche (2001) ; nouvelle traduction, Zulma (2010) ;
– *Respiration artificielle*, roman, 1980, Éd. André-Dimanche (2000).

L'Invasion

Traduit de l'espagnol (Argentine)
par François-Michel Durazzo

Quand le verrou claqua, il les devina derrière lui, au fond de la cellule.

Il resta immobile, face à la porte, jusqu'à ce que s'éteignît la rumeur de la salle de garde. Alors il se retourna et les trouva où il l'avait prévu, l'un debout, à distance du mur, comme en équilibre et à demi vêtu, l'autre, un brun à lunettes, couché sur le sol.

Dehors, on lui avait enlevé sa ceinture et les lacets de ses bottines. Sentant son pantalon flotter, il était inquiet, il se sentait nu.

Il marcha vers le milieu de la cellule, péniblement, en traînant les pieds, où il s'arrêta, indécis. Son pantalon glissait sur ses hanches, il le retint de la main droite.

Au fond de la pièce, les deux autres le regardaient. Le plus grand se balançait doucement.

Touchant le mur de son épaule pour de nouveau s'en écarter, il fumait sans ôter la cigarette de sa bouche.

L'homme qui venait d'entrer sourit.

– Je m'appelle Renzi, dit-il.

Tenant son pantalon de la main gauche, il se dirigea vers eux, la droite tendue.

– Renzi…

L'homme debout s'appuya contre le mur, puis fit un signe de la tête. Plus qu'un salut, il sembla vouloir affirmer quelque chose. « Celaya », crut entendre Renzi.

Le brun, assis par terre, presque couché, jambes écartées, le visage noyé dans l'ombre du mur, ne bougea pas.

Renzi passa la main droite sur son pantalon, comme pour s'essuyer. Il recula jusqu'au mur opposé, puis s'assit. La pièce baignait dans une quasi obscurité : il commençait à faire nuit. La seule fenêtre, étroite et allongée, était une fente, une tache de lumière suspendue au plafond. Il se pencha d'un côté et, l'épaule appuyée contre le mur, il chercha quelque chose dans la poche du pantalon. Il en sortit une cigarette et fit du paquet vide une boulette qu'il jeta. La balle alla rouler sur le sol, pour finir entre les jambes du petit brun. Cigarette entre les lèvres, Renzi fouilla dans les poches de sa chemise en quête d'une allumette.

– Tu as du feu ? dit-il en regardant Celaya.

Celaya resta immobile. Renzi le regardait d'en bas. Celaya semblait distrait, examinant ses ongles. Il détourna ensuite les yeux avant de frotter une allumette contre la semelle de sa bottine. Il demeura ainsi, debout, la flamme éclairant sa main, ses doigts, sa peau jaunâtre et tachée de nicotine.

Vu du sol, le visage de Celaya se déformait dans l'obscurité. Renzi se leva, lentement, une main appuyée sur le sol. Il sentit la chaleur pure de la flamme en aspirant la fumée qui irrita le fond de sa gorge. En dessous, l'allumette s'éteignait lentement. Renzi l'observa jusqu'à ce qu'elle ne fût plus qu'une étincelle rosée.

– Et toi ? dit-il à Celaya en train de s'asseoir, tandis que le corps du brun semblait soudain surgir du sol. Et vous, rectifia-t-il, pourquoi êtes-vous là ?

– Nous sommes où ? dit Celaya lentement, en choisissant ses mots.

– Ici, répondit Renzi en le regardant. Ici, en taule…

Celaya semblait attiré par quelque chose sur le mur, au-dessus de la tête de Renzi.

– En taule ? répéta-t-il marquant une pause, comme s'il avait du mal à comprendre. On a déserté…

– Ah… commença Renzi, gêné sans trop savoir pourquoi. Et il y a longtemps que vous êtes ici ?

Peut-être à cause du sourire du brun, de sa main qui allait et venait, se caressant la poitrine entre les deux plis de la chemise.

Celaya resta un moment sans répondre, comme s'il réfléchissait.

– Trois mois.

Il s'était approché du brun : tous deux, l'un contre l'autre, formaient une masse dans la pénombre, un seul corps informe. En se penchant, Renzi pouvait clairement distinguer la moitié du visage du brun, éclairée par la lumière qui filtrait par la fenêtre, l'autre moitié formait une tache sombre sur l'épaule de Celaya. Il semblait avoir la peau très lisse. « À cause de la sueur », pensa Renzi qui percevait la transpiration dans ses yeux.

– Trois mois… ? questionna-t-il d'une voix déformée par la fumée. Et comment vous a-t-on attrapés ?

Il attendit la réponse, tandis que le brun regardait lui aussi Celaya, qui se frottait la cheville, sans parler.

– Et toi, pourquoi on t'a mis en taule ? avança Celaya sous forme de réponse.

Renzi le regarda, surpris, avant d'écraser sa cigarette sur le sol.

– Un problème avec Pelliza, le Barbu. Il est fâché avec moi, parce que je suis étudiant et en plus…

– Pour combien de temps ? le coupa Celaya, en baissant la tête.

Il paraissait chercher quelque chose par terre.

– Je ne sais pas, répondit-il gêné par le ton impérieux de Celaya. Je ne sais pas combien de temps.

Le brun se pencha pour dire quelque chose à Celaya à voix basse.

Renzi crut entendre le rire de Celaya.

Ils restèrent ensuite immobiles, silencieux.

– Dis, l'ami, on doit dormir par terre ? demanda Renzi, au bout d'un moment.

– Non. On va bientôt nous apporter les matelas.

– À quelle heure ?

– À quelle heure quoi ?

– On va apporter les matelas.

– Tout à l'heure, fit Celaya visiblement fatigué, ennuyé.

– Et nous dormons ici, tous les trois ? dit Renzi en parcourant la pièce d'un geste.

– Oui. Tous les trois.

– Et le repas ? Il faut aussi… ?

– Oui, il faut aussi manger ici, l'interrompit Celaya. Il faut tout faire ici, disait-il lentement, en se contenant. Si tu veux chier, tu dois aller jusqu'à cette porte, dit-il en la lui signalant de la tête, demander l'officier de garde. Lui dire : « J'ai envie de chier, mon lieutenant. »

À même le sol, le brun riait en silence, en montrant les gencives.

– Tu comprends ? insista Celaya. Ou tu as besoin que je t'explique quelque chose de plus ?

– Non, fit Renzi en s'efforçant de le regarder en face. Mais si j'ai besoin de quelque chose, je te le dis et tu m'expliques, ajouta-t-il en tâchant d'imiter le ton de Celaya. Je te le dis et tu m'expliques, répéta-t-il.

Celaya chercha son visage.

– Écoute, mon petit, dit-il : ici, là-dedans, t'as pas intérêt à jouer au petit mec, tu comprends ? Ici, t'es pas à la fac, alors assieds-toi plutôt ici, tiens-toi bien et fais pas chier.

– Eh ! Pour qui tu te prends, toi ? commença à dire Renzi, qui replia une jambe en essayant de se lever.

Il était à moitié agenouillé, lorsque Celaya le poussa du bout des doigts, lui faisant perdre l'équilibre.

Les jambes de Celaya, à présent, étaient deux tiges grises, surgissant du sol. Renzi rejeta la nuque en arrière, cherchant son visage, au-dessus de lui, mais il s'arrêta sur la frange laiteuse de la peau de la taille, là où la chemise sortait du pantalon.

– Je rigole pas. Tu fais pas chier. Tu dors, tu comptes les moutons, tu te branles. Mais tu fais pas chier.

Renzi se serra contre le mur et étira les jambes. Il avait la bouche sèche, le corps mou, comme plein de mousse. De nouveau, il fouilla vainement ses poches à la recherche d'une cigarette.

Celaya s'était assis. Le brun, penché sur celui-ci, lui parlait à voix basse. On entendit le craquement d'une allumette dont la flambée éclaira les deux visages. À intervalles réguliers, un cercle rouge semblait s'allumer et sauter d'un côté à l'autre. « Ils fument la même cigarette », pensa Renzi avec rage et, en même temps, il eut envie de leur demander une taffe, de sentir la chaleur rugueuse de la fumée entrer dans ses poumons. Il se retint, la gorge sèche. Sans savoir pourquoi, il tenta de ne pas tousser, comme si tousser eût été une marque de faiblesse devant Celaya.

Il avait la gorge en miettes, en feu.

Ne pas briser le silence lourd, plein de bruits étouffés : des cris de commandement ou un aboiement, au loin.

Il se racla la gorge plusieurs fois.

Ensuite, il accumula de la salive dans la bouche qu'il fit glisser dans sa gorge pour soulager la brûlure. Un moment, il crut que Celaya lui avait parlé. C'était un faible murmure, comme si quelqu'un sifflait doucement.

L'obscurité s'était emparée de tout le cachot. Désorienté, il tâta le mur en essayant de reconstituer la pièce tandis qu'à l'extérieur quelqu'un allumait une lumière et que la clarté baissait, atténuée par la fenêtre qui éclairait à peine le visage de Celaya, la poitrine nue du petit brun, un carré irrégulier sur le sol gras.

Tout flottait dans une pénombre verdâtre. Une nouvelle fois, les silhouettes raccourcirent. Renzi imagina la lumière de l'autre côté. L'ampoule sale, les bestioles voletant sur le mur, près de la fenêtre qui éclairait l'entrée des toilettes.

Il situa les corps de Celaya et du brun. Il eut l'impression qu'ils bougeaient et les entendit murmurer. Ils étaient tout près, presque collés l'un à l'autre. C'était un rire, à peine. Une douce respiration, un halètement. Il se mit sur un côté, pour mieux les distinguer quand, à cet instant-là, la lumière l'aveugla. Il cligna des yeux, ébloui. Enfin il devina, au milieu de la lumière qui entrait par la porte ouverte, le sergent de garde et un soldat qui traînait un ustensile cylindrique.

Il reçut son assiette de métal, avec une cuillère. Il mangea lentement, sans s'asseoir. Le tas de pommes de terre, de haricots et d'eau tiède formait un agrégat qui se défaisait dans la bouche. Il avala sans respirer, appuyé contre le mur, face à l'air frais.

Dehors, les soldats de garde conversaient à voix basse. Il parcourut du regard la salle circulaire des gardes, le bureau contre le mur, et – par la vitre de la fenêtre – un bout de l'allée couverte de gravillons, brusquement coupée par l'obscurité. Dans le fond, au loin, la lumière de l'entrée, comme suspendue dans l'air, dessinait un cercle de lumière sur l'asphalte de la route.

Dans cette geôle, Celaya et le brunet mangeaient ensemble, assis dans un coin.

Renzi rendit l'assiette presque pleine.

Il reçut un matelas et des couvertures. Tandis que la porte se refermait, il réussit à apercevoir le dossier d'une chaise et un angle du bureau.

Il entendit ensuite la clé jouer dans la serrure.

Dans l'obscurité, le reflet de la lumière ne dura qu'un instant. Fronçant les paupières, il s'habitua peu à peu à la pénombre.

La sueur trempait son corps. Il sentait ses vêtements rugueux se coller à sa peau.

Dans le fond, le brun étendait les matelas.

Renzi enleva une bottine, puis l'autre, et commença à se déshabiller. Il ôta son pantalon, leva la tête et rencontra le brun qui l'observait sans bouger.

Renzi fut le premier à détourner les yeux.

Ensuite, il installa le matelas sur un côté, se ménagea un oreiller, enroulant son pantalon dans sa gabardine et, en cherchant la couverture, il trébucha sur le corps de Celaya.

Debout, il le regardait.

– Non, mon petit. Va plutôt à l'autre bout, dit-il en agitant la main comme pour chasser quelque chose. Bien, très bien, tout au bout. Tu seras plus tranquille, lui dit-il, et une fois de plus Renzi crut entendre rire le petit brun.

Il se colla au mur, sans parler.

S'étant couché, il tira sur lui la couverture, malgré la chaleur.

Courbés, tout près l'un de l'autre, faiblement éclairés par la lumière qui descendait de la fenêtre, Celaya et le brunet n'étaient qu'une masse informe. Ils semblaient rire ou se parler, à voix basse.

Le brun avait enlevé ses vêtements. Pour la première fois Renzi le voyait debout. Il était bien plus petit que ce qu'il avait imaginé. À côté de Celaya, grand, massif, le corps du brun semblait se diluer, pâle. Il avait les bras imberbes et les mains molles, comme dénuées de force, le bout des doigts jaunâtres, près de ses ongles qui se confondaient dans les cheveux de Celaya.

Quand Renzi comprit, il y avait un moment que le brun caressait la nuque de Celaya. Ses mains glissaient le long de son cou, montaient jusqu'à la naissance des oreilles, descendaient sur la poitrine et commençaient à déboutonner son pantalon.

Du sol, Renzi voit le menton du brun, ses lèvres jouer avec les mamelons, se promener sur le cou, sur les lèvres de Celaya ; les deux corps s'étreignent, étendus sur le matelas comme s'ils luttaient, le corps du brun est un arc, Celaya est penché sur lui, gémissements et cris s'entre-mêlent, les deux corps se balancent, les plaintes et la voix brisée de Celaya se confondent, ne sont plus qu'un seul et même halètement violent, tandis que Renzi s'écrase contre le ciment, face au mur, pelotonné entre les couvertures.

Esther Cross est née à Buenos Aires en 1961. Elle a fait des études de lettres et de psychologie avant de se consacrer pleinement à l'écriture. Elle a publié plusieurs romans pour lesquels elle a reçu des bourses et des prix.

Bibliographie sélective :

– *Senorita Porcel*, roman, Siglo XXI, Buenos Aires (2009) ;
– *Kavanagh*, nouvelles, Tusquets Buenos Aires (2004) ;
– *El Banquete de la araña*, roman, Tusquets Buenos Aires (1999) ;
– *La Divina Proporción*, nouvelles, Emécé Buenos Aires (1994) ;
– *La Inundacion*, roman, Emécé Buenos Aires (1993) ;
– *Crónica de alados y aprendices*, roman, Emécé Buenos Aires (1992).

LE CADEAU

Traduit de l'espagnol (Argentine)
par Marianne Millon

C'était une poupée en caoutchouc qu'un ami célibataire de mes parents avait apportée à la maison pour Noël. L'homme, qui ignorait les règles de base du protocole enfantin, n'avait pas précisé à qui elle était destinée. Je supposai donc qu'elle était pour moi pendant que ma sœur considérait que le cadeau était sans aucun doute pour elle.

C'était une poupée en caoutchouc, avec ce teint hâve qu'elles ont presque toujours, des yeux de verre bleu ciel de carte postale, les mains ouvertes, les lèvres colorées et des vêtements qu'aucune personne saine de corps et d'esprit ne porterait. Mais étant donné qu'il s'agissait d'une poupée et non d'une personne, ils étaient tout à fait appropriés. Caractéristiques d'une poupée. Une poupée ordinaire et, d'après ma mère, d'une extrême vulgarité.

L'homme la déposa sur le socle brillant de l'arbre dépourvu de racines. La tête ronde dépassait de la déchirure du paquet en mauvais état. Il le laissa là, au milieu des cadeaux, et partagea avec nous le repas, l'ennui et les commentaires traditionnels de mes grands-mères, de mes oncles et tantes.

Pas tant ; un peu de Champagne pour y tremper mes lèvres ; cette galette à l'air d'une éponge ; les filles devraient aller à la messe de minuit ; mes cadeaux sont modestes ; je n'ai pas voulu détonner... Des commentaires fréquents dans la majeure partie des familles, indistinctement bienveillants ou malicieux. Remarques cruelles, dards linguistiques. Heureusement, l'homme saluait chaque phrase, car pour lui, qui n'avait pas de famille, elles étaient inhabituelles et nous découvrîmes, flattés, qu'elles pouvaient surprendre.

Nous nous efforçâmes donc – j'ignore si c'était pour lui faire plaisir – chacun à son tour de tenir notre rôle, marqué par l'inévitable folie de Noël.

Sous l'arbre clignotant comme des feux de circulation, la poupée en caoutchouc était la cible de ma convoitise, et celle de ma sœur, bien entendu.

Vers minuit, ma tante nous recommanda comme toujours de trinquer en entrechoquant à peine nos coupes. Mon père profita de l'occasion pour préciser à son pompeux cousin militaire qu'il n'était pas nécessaire de jeter les coupes dans la cheminée et que cette tradition cosaque – maladroitement inaugurée lors d'un autre Noël – hormis le fait qu'elle était coûteuse, ne pouvait plus se concevoir que dans les romans anciens.

Nuit de Paix. Après le toast de rigueur, la guerre éclata. L'invité se retira avec un sac plein de cadeaux. Trois flacons d'eau de Cologne *Old Spice*, un étui contenant des savons parfumés à la lavande de *James Smart*, deux mouchoirs brodés avec de jolies initiales qui ne correspondaient pas du tout aux siennes. Un peu écrasé par notre générosité, il partit, après nous avoir remerciés pour l'invitation, innocent du conflit qu'il avait provoqué.

À droite, ma sœur s'accrochait à la poupée. De l'autre côté, moi, invincible, qui résistais. Les articulations en fil de fer du cou craquaient. Les bras, encastrés sous pression, s'étiraient formidablement. Ma mère assurait que le son était exaspérant. Un de mes oncles prenait les paris. Ni les autres cadeaux, ni toutes les suggestions et menaces, ne parvenaient à nous faire changer d'avis. La poupée en caoutchouc restait au milieu, moi, ferme à mon poste, ma sœur, inamovible, au sien.

Nous n'entonnâmes pas de chants de Noël car ma grand-mère, avant d'ouvrir le missel, eut la mauvaise idée d'ouvrir ses lèvres fripées.

– Regardez comme elle s'étire. On ne dirait pas une poupée, on dirait un monstre.

Et ils se mirent à se disputer : *Elle est gracieuse, c'est un monstre, elle est pittoresque, elle a son charme, elle me fait penser à Mickey Rooney, où cet homme que vous avez invité a-t-il pu la trouver ?* Dans la confusion, l'un d'eux s'enhardit.

– Maudite soit l'heure où vous l'avez invité.

Ils regardèrent tous ma mère, qui, prévenante et affligée, débarrassait la table.

– Il m'a fait pitié parce qu'il est seul, sans famille, se contenta-t-elle de dire.

Mais personne ne l'écoutait, et nous, de notre côté, nous étions absorbées par notre lutte incessante.

– Très bien, on va la couper en deux, fit alors

mon père, avec une courage à la Salomon digne de louanges.

Sans se cacher, il fit un clin d'œil à ma grand-mère et, pour la seule fois cette nuit-là, il se produisit un silence unanime, dans l'expectative.

Mais depuis Salomon, les choses ont changé. Ma sœur et moi, enfin d'accord sur un point, acceptâmes.

– Bien sûr, il faut la partager.

Devant l'indignation de mon père et la contra-riété de mon oncle, qui payait les paris, nous nous préparâmes à l'opération de justice.

Ma mère se précipita sur la poupée pour la sauver. Elle sacrifia dans sa course une assiette d'amandes, qui s'éparpillèrent sur le tapis. Trop tard. La décision était prise, et nous tranchâmes dans le vif.

Il n'était pas confortable de dormir avec elle. La poupée en caoutchouc était creuse. Pour éviter des sensations désagréables, je la plaçai sur son profil plein, fascinée par la vision de mon hémisphère de poupée, décidée à ne pas l'avoir en face afin d'éviter la déception que doivent ressentir les scaphandriers quand ils se trouvent face à ces maigres poissons tropicaux qui arborent un profil ample et trompeur.

Comme il fallait s'y attendre, une fois commencée la bissection du caoutchouc, les choses n'en restèrent pas là. Le lendemain matin, ma sœur me provoqua. Nous prenions le petit-déjeuner quand, brandissant de la main droite sa main droite de poupée, elle dit :

– Ma partie est meilleure que la tienne.

Je n'étais pas en reste.

– Je ne crois pas, dis-je. Il n'y a pas de meilleure partie, parce qu'elles sont toutes les deux pareilles.

Et elle, mordante :

– Alors pourquoi as-tu préféré garder celle-ci ?

À ce moment, ma mère décida de mettre fin au litige. Sans un mot, elle quitta la table et téléphona à l'homme.

Après lui avoir souhaité un très joyeux Noël, elle le mit au courant des suites fâcheuses du cadeau et lui demanda où il l'avait acheté, dans l'intention de se procurer deux répliques exactes pour mettre ainsi un terme au problème.

L'homme, qui n'avait pas une très bonne mémoire, parla d'un étal de vendeurs ambulants de la rue Pasteur et s'offrit à l'accompagner dans ses recherches, attention qui déplut fort à mon père, mais il y consentit au nom de l'harmonie familiale.

La recherche fut inutile. Les poupées, banales, étaient épuisées par la demande majoritaire et banale des achats de Noël. L'entêtement de ma mère et la bonne volonté de l'invité – qui semblait décidé à remédier à tout prix au problème – étaient admirables. Ma mère arriva fatiguée et morte de chaleur, maîtresse d'un silence puissant que, conscients de sa bonté, nous respecions d'un accord mutuel.

Un jour, ma sœur déclara que l'œil de sa poupée avait disparu. Au lieu de me défendre, je fis montre d'un silence aussi ironique qu'accusateur. Œil pour œil. La poupée n'avait pas de dents mais ma sœur ne tarda pas à séquestrer mon bras de poupée, de sorte que la sienne se retrouva borgne et la mienne manchote – si tant est qu'un cyclope à un seul bras puisse être borgne et manchot. Ma mère et le monsieur poursuivaient leurs recherches. Ils découvraient chaque matin que la poupée si ordinaire était également impossible à retrouver.

Ce fut mon oncle, le militaire grandiloquent, qui mit fin à la question. Le jour des Rois, il se présenta à la maison avec un paquet qui attirait l'attention. Avant de s'asseoir à table pour déguster l'incontournable couronne, il empoigna le trophée et dit :

– Je l'ai trouvée. Dommage qu'il n'en soit resté qu'une.

Alors, autour de la couronne circulaire, centrée sur notre table en chêne et circulaire également, commença une autre assemblée. À qui appartenait ce nouveau spécimen de poupée ? Je défendais mes droits et ma sœur revendiquait les siens, pendant que mon oncle en profitait pour manger le meilleur de la couronne et que ma mère servait le thé avec l'aide de ma grand-mère.

Le nouvel exemplaire fut opéré par les ciseaux précis de ma tante.

– On se retrouve devant le même problème, réfléchit mon père. Le plus logique est donc de renouveler la solution.

Puis ma mère, complaisante, assembla la moitié droite de la nouvelle poupée et la partie gauche qui m'appartenait, et la partie gauche de la nouvelle poupée et la demi poupée de ma sœur.

La suture – interminable, pourquoi le nier – dénaturait un peu la physionomie mais elle avait été faite avec tant de soin, tant de bonne volonté, tant de fil et de colle, que nous eûmes finalement chacune notre poupée entière, sillonnée au milieu par cette cicatrice qui rappelait et effaçait tout à la fois le contexte.

Pour le Noël suivant, l'homme arriva ponctuellement à la maison avec un bouquet de roses que ma mère concentra, avec un certain effort, dans le périmètre biseauté d'un vase. Comme elle lui avait fait la leçon, il avait également apporté deux paquets équitables, que nous contemplâmes avec indifférence, et il observa, un peu surpris, les deux poupées semblables, avant de se mettre à table et de partager avec nous le repas, l'ennui et les commentaires. Comme ma mère, il semblait d'excellente humeur. Il accepta même de découper la dinde. Je m'assis à gauche et ma sœur de l'autre côté. Nous avions couronné l'arbre d'une étoile phosphorescente qui s'allumait et s'éteignait à intervalles presque réguliers.

Sergio Chejfec est né à Buenos Aires en 1956. Depuis 1990, il vit au Vénézuela où il publie le journal *Nueva sociedad*, dans lequel sont traités la politique, la culture et les sciences sociales. La mémoire, la violence politique et l'histoire des juifs en Argentine constituent les thèmes de ses romans. Il est l'auteur de plusieurs romans, essais et recueils de poésie.

Bibliographie sélective :
– *Mis dos mundos*, Candaya, Barcelona (2008) ;
– *Baroni : un viaje*, Alfaguara, Buenos Aires (2007) ;
– *El Punto vacilante*, Norma, Buenos Aires (2005) ;
– *Los Incompletos*, Alfaguara, Buenos Aires (2004) ;
– *Boca de lobo*, Alfaguara, Buenos Aires (2000) ;
– *Los Planetas*, Alfaguara, Buenos Aires (1999) ;
– El Llamado de la especie, Beatriz Viterbo, Argentina (1997) ;
– *Cinco*, Saint-Nazaire, M.E.E.T. (1996) ;
– *El Aire*, Alfaguara, Buenos Aires (1992) ;
– *Moral*, Punto sur, Buenos Aires (1990) ;
– *Lenta Biografia*, Puntosur, Buenos Aires (1990).

LES MALADES

Traduit de l'espagnol (Argentine)
par François Gaudry

Un matin, elle reçoit une lettre. On lui demande si, étant donné sa situation de privilégiée, elle ne pourrait pas accompagner quelqu'un qui traîne sa maladie depuis longtemps et approche probablement de la fin. Elle pense que l'argument est convaincant, mais le diagnostic erroné. La lettre en dit un peu plus : le nom de l'hôpital, la salle, le numéro de lit. Ni le nom de la personne ni sa maladie ne sont mentionnés. On lui suggère d'emporter de quoi lire, un peu d'argent et, si elle le souhaite, un cahier et un crayon au cas où le patient aurait besoin de communiquer de cette manière.

Maintenant elle regarde le sol et, à l'exception de la lettre, tout s'est effacé alentour. Elle sait que si la lettre lui trotte dans la tête sans trouver sa place, c'est à cause de ce mot, « privilégiée », qui suggère le rappel d'une dette.

Avant de décider d'une réponse ou d'une conduite, elle se rappelle un fait que, faute de mieux, elle a appelé l'*étrange épisode* : il est midi, elle est dans la vieille ville, là où les coins de rue ont gardé leurs angles. À part de rares voitures qui passent à faible allure, comme si les conducteurs ne connaissaient pas le quartier, elle ne voit personne dans les rues. Illusion de la ville désertée et du grand silence. L'intrigue cette espèce de murmure ou de mugissement que produisent les voitures sur le pavé, ou plutôt que ce soit un bruit plus net et défini que ce qu'on imagine quand on ne l'entend pas, et donc, pense-t-elle, plus tolérable que d'autres. Elle aime se promener dans cette partie de la ville pour les pensées qu'elle lui inspire ; par exemple, elle imagine la surface du monde pavée dans sa totalité, sans revêtement, et elle est capable de se rappeler ce bruit comme une berceuse agréable…

Elle est absorbée dans ses divagations lorsqu'elle sent dans son dos quelqu'un qui s'approche. C'est un homme qui la frôlera à peine en passant et dont la veste attirera son attention, à première vue trop grande, ample, ondoyant comme un drapeau qui flotte au fil de la marche. Elle le verra s'éloigner et se dira, dans le langage parfois sommaire des impressions, qu'il s'agit d'un individu pressé. Mais pressé n'est peut-être pas le mot qui convient. Elle observe ses jambes et trouve, en effet, leurs mouvements rapides, mais rigides, comme si elles appartenaient à un autre. Elle ignore que, sous peu, quand cet homme atteindra le croisement, il va bousculer quelqu'un qui vient de la droite.

Elle perçoit d'abord le gémissement étouffé, prélude au cri, effet de la surprise ou de la frayeur avant même la douleur. Puis elle pressent ou entend, elle n'en est pas sûre, le choc des corps. L'homme est allongé par terre. Elle s'approche mais ne sait comment réagir, notamment parce que personne n'observe la scène.

Il ne lui est jamais venu à l'esprit de s'interroger sur l'existence du destin, mais maintenant elle se dit que c'est l'occasion ou jamais. Avoir assisté à l'enchaînement des faits lui donne une assurance qu'elle ne parvient pas à définir ; cela sert à justifier n'importe quel argument, mais c'est en même temps un savoir inutile. Elle sait que, quelques heures ou quelques jours plus tard, quand elle y repensera, son souvenir aura changé, tout sera plus calme, plus lent, ou simplement différent du fait réel, bref et concentré.

Quand elle arrive à l'endroit de l'incident, l'autre homme, moins éprouvé et qui se redresse, lui demande comment s'appelle l'individu à la veste, celui qui est mal en point. Elle ne comprend pas la logique de la question, qui suggère que tous deux se connaissent pour venir du même côté. L'idée lui paraît forcée. Sa réponse est muette et elle poursuit son chemin comme si elle n'était pas concernée, alors qu'il aurait été naturel qu'elle s'approche et offre son aide.

Plus de dix jours ont passé depuis l'étrange épisode et tous les matins elle y songe sans trouver d'explication. Non à l'incident en général, mais à sa propre négligence. La seule hypothèse plausible tient à cette crainte du contact humain qui s'est progressivement nichée en elle. Elle pense alors que la lettre lui offre l'occasion de s'amender. Elle se dit que ce qu'il y a de pire en elle est cette indifférence déterminée qui la porte aux limites du dédain et de la correction. Cela lui est-il arrivé avant ? Très souvent ; en général des faits insignifiants, collatéraux, qui n'occupent l'esprit de personne si ce n'est comme le vague souvenir d'une conduite curieuse, faits qui, par ailleurs, venant d'une femme, peuvent être compréhensibles en raison de sa méfiance et de sa faiblesse face à des situations risquant de devenir conflictuelles.

À la nuit tombée, elle cherche l'hôpital sur Internet. Un long séjour à l'étranger (qu'elle croit long) lui a fait oublier bien des choses. Elle a notamment des problèmes avec les connexions, car elle n'arrive pas à recomposer les espaces intermédiaires entre les zones de la ville dont elle se souvient ; chaque endroit connu est une tache sur la surface évidente, mais ignorée, de ce qu'on ne connaît pas ou qui est oublié. Elle entre les deux adresses dans le programme. L'écran change et aussitôt apparaît une ligne qui relie son domicile à l'hôpital. Elle se penche en avant, regarde de près sans penser à autre chose qu'au trajet qu'elle doit emprunter. Puis elle note quelques noms de rues et de carrefours, et elle est sur le point de se lever et de ranger le papier lorsque quelque chose l'incite à garder les yeux sur l'écran, bien qu'elle n'y remarque rien de particulier. Elle fixe le moniteur et c'est comme si elle observait une scène dont elle fait partie : elle se voit devant l'écran, concentrée sur le plan comme en attente d'un signal. Elle se demande jusqu'à quand va durer cette façon de chercher des itinéraires avant de devenir obsolète…

Depuis un temps indéfini, long ou bref, elle ne sait pas, elle est victime d'une espèce de défiance que jusque là elle n'a observée chez personne et sur laquelle elle n'a jamais rien lu ni entendu. C'est une vague appréhension contre les appareils et les techniques actuelles, nouvelles ou en vogue, d'usage sophistiqué et en phase de diffusion. Ce n'est pas un rejet à cause des difficultés d'utilisation et d'adaptation. Elle pense plutôt que si elle cède à ces techniques et les incorpore à sa vie, elle restera marquée à jamais par les vestiges du moment culturel qu'elles représentent. Cela peut paraître exagéré, mais elle manque d'éléments pour raisonner autrement. Comme elle ignore combien de temps ces nouvelles techniques et ces objets resteront en vigueur, et surtout l'enracinement des habitudes et des formes d'imagination qui en dérivent, elle pressent qu'à adopter l'une de ces tendances, sa vie perdra en densité et finira par se diluer dans les avatars de la nouveauté et surtout par être « historicisée », datée, exposée à un présent que l'on verra dans le futur comme un temps éphémère, une déviation inopinée ou une digression collective ; elle sera comme prisonnière d'une mode déjà partiellement oubliée, soporifique et scandaleusement vétuste.

Aussi, quand il s'agit de certaines choses, elle préfère les habitudes installées qui ont fait leurs preuves ; car, selon elle, ces usages offrent des garanties d'enchaînement et la continuité qui provient du monde fiable de l'empirique. Par exemple, la lecture des journaux. Elle aime lire les journaux sur Internet, mais elle s'en méfie, non pas pour la qualité ou la volatilité des textes et de l'information, rien de tel, mais parce qu'il se pourrait que, dans le futur, cette activité soit perçue comme la pratique rudimentaire et répandue d'une époque, pour cela même incroyablement sombre, une de ces époques inexplicables, associées à des bandes d'individus ineptes dont aucun, à cause de quelque déficit collectif, ne parvient à se rendre visible, tous ont succombé aux diktats de l'époque et de ses formatages sociaux, économiques et culturels. (C'est une des façons qu'a le monde humain de dévorer les gens, pense-t-elle).

En revanche, elle se sent plus à l'aise en lisant les journaux imprimés, car ils l'installent dans une habitude non seulement plus dilatée, ce qui, d'après elle, est déjà en soi un indice de bon sens, mais plus assurée, d'une neutralité plus avérée : les adeptes de cette cérémonie peuvent être considérés comme les protagonistes d'une époque sage et durable, et méritent pour cela d'être distingués dans leur anonymat. (C'est là une autre façon).

En lisant la presse sur Internet, elle se sent menacée par le danger d'une mode erronée, elle n'a pas de meilleur mot, elle croit cette menace plus réelle qu'il n'y paraît, car elle peut en arriver à imprégner d'inconsistance sa propre vie, à travers l'inconsistance de la vie des autres. Elle sait que d'une manière ou d'une autre, en lisant les journaux comme elle les lit, elle sera toujours un personnage mineur et anonyme, un insignifiant grain de sable dans l'accumulation de matière qu'est le monde, mais elle imagine que si elle évite de se plier à des injonctions et des tics probablement passagers, sa vie en sera plus sûre et moins affectée. (Justement, elle qui peut se considérer à l'abri de ce danger, craint l'histoire).

Le lendemain, elle se lève plus tôt que d'habitude, alors qu'il fait encore sombre. Elle réunit les objets qu'on lui a suggéré d'emporter et en ajoute d'autres dont elle ne se sépare jamais. Le trajet sera long jusqu'à l'hôpital, mais comme il est tôt et qu'elle pense que l'horaire des visites commence en milieu de matinée, elle décide d'y aller à pied.

Qui connaît cette ville sait qu'une fraction considérable du plan n'existait pas avant, des parties entières occupent l'ancien lit du fleuve. Cela fait dire aux habitants que la ville gagne du terrain sur le fleuve. On peut retrouver le vieux tracé riverain en observant les berges dont la déclivité est restée comme un vestige de l'ancien front fluvial et forme maintenant l'antichambre d'une immense frange où l'on a bâti. Ces pentes ne sont pas très étendues mais elles sont régulières, ostensibles aussi, car on peut les voir comme la seule faille qu'offre le territoire sur un vaste périmètre, quel que soit le point du continent où l'on se dirige.

Elle marche sur l'avenue longeant les berges, ce qui revient, se dit-elle, à se déplacer sur la large et fangeuse rive du fleuve. Emprunter cet itinéraire lui donne l'illusion de faire le tour d'une île, ou plutôt l'équivalent d'une galette. Elle sait qu'au-delà de l'endroit où elle se trouve s'étend aux quatre points cardinaux un territoire virtuellement infini ; elle omet cependant cette donnée et imagine que quelques kilomètres à l'ouest ou au nord, après les rues en pente et les zones où se devinent d'autres constructions, bien qu'elles soient hors de vue, une autre ligne circulaire de déclivités reproduit celle-ci et s'organise comme un front de coteaux en miniature. Elle a toujours été intriguée par l'inconsistance de ce relief, et que ces modestes pentes, à première vue inutiles et purement décoratives, soient en réalité le préambule d'une vaste extension continentale. Il y a déjà un certain temps qu'elle aurait dû se rendre à l'évidence que les faits en général se présentent ainsi, le monde qu'elle a connu à l'étranger le confirme, les choses promettent quelque chose de différent de ce qu'elles finissent par offrir.

Elle poursuit son chemin le long de l'ancienne rive jusqu'à l'endroit où, selon ses indications, elle doit remonter la pente pour s'engager dans le territoire non fluvial de la ville. Elle marche ensuite dans des rues, emprunte des avenues au tracé oblique, et peu à peu se rapproche de l'hôpital. Elle imagine un moment le plan d'Internet et se voit elle-même comme un point qui avance en scintillant. Cette image la ramène crûment à l'objet précis de sa marche, elle se rend compte que sa venue à l'hôpital tient plus de la promenade cérémonieuse ou de l'excursion que d'une mission volontaire assumée : un moment elle a oublié la lettre, les préparatifs et même sa condition privilégiée.

En arrivant à l'hôpital, elle découvre qu'elle le connaît et en retrouve le souvenir. Comme cela arrive, son nom a changé. Dans le pays, tout change de nom. Elle pense que seul le passé a cette capacité inépuisable de prolifération, de relier des faits et de multiplier les dénominations. Elle en profite pour faire un tour dans le quartier tranquille qui entoure l'établissement, où les rues se croisent sans grande circulation, comme si elles finissaient en paix.

Une longue file de taxis attend devant l'entrée principale et, de l'autre côté de l'allée réservée aux ambulances, sont alignés deux ou trois chariots de nourriture. Elle pense acheter le petit déjeuner pour le malade, puis elle en écarte l'idée, non qu'elle la juge insensée, mais parce qu'un groupe de patients, qui à cet instant traversent la rue, lui fait penser qu'elle ne va pas peut-être pas le trouver dans son lit. Habillés chacun à leur façon, ils marchent lentement en file indienne sur le point de se disperser.

À l'intérieur de l'hôpital, devant le gigantesque panneau d'informations elle s'efforce de discerner quelque chose qui lui permettra de s'orienter. Y sont déclinés les services spécialisés, les noms, les titres, l'endroit. Enfin elle décide d'emprunter un des deux couloirs qui débouchent dans le hall d'entrée. Elle suit les écriteaux et les avertissements qu'elle rencontre en chemin, plusieurs d'entre eux sont provisoires, improvisés, composés de bric et de broc, comme signalant des itinéraires susceptibles de modification. Deux fois elle demande à des gens dans le couloir si elle va dans la bonne direction. La deuxième, elle s'arrête devant une femme qui semble ne pas l'avoir entendue, et de fait c'est une fillette qu'elle n'avait pas vue qui répond, probablement sa fille, pense-t-elle, attentive à tout ce qui se passe autour de sa mère, absorbée, comme absente.

L'hôpital a été construit à une époque lointaine, de successives rénovations et certaines modifications donnent de l'ensemble une impression de désordre optimisé et de composition provisoire. Pendant qu'elle franchit une passerelle qui relie deux salles à différents niveaux (elle se rappellera le bruit de ses pas sur le métal vibrant), il lui vient l'idée d'un réseau de pièces et de corridors où les gens s'égarent régulièrement, mais toujours un bref laps de temps, quelques instants à peine, voire quelques secondes, comme si le prix à payer pour être ici consistait à souffrir de crises soudaines de désorientation, avec leurs récapitulations obligées, de sorte qu'après un rêve bref ou imprécis on se réveille bien qu'on n'ait pas dormi. Mais c'est une idée qui stagne et qu'elle abandonne aussitôt, car si elle lui semble en premier lieu invérifiable, ou trop banale et même ampoulée, elle la juge ensuite sans fondement : si c'est quelque chose d'aussi généralisé et inévitable qu'elle l'a supposé, elle ne comprend pas pourquoi elle n'a pas été victime du phénomène, elle qui est novice dans ce domaine.

Et cependant, si les gens ne le remarquaient pas ? continue-t-elle à penser. Si cela arrivait à tout le monde et que personne ne le sache ? Pourquoi, alors qu'elle sait qu'il s'agissait seulement de

confirmer son intuition, s'est-elle arrêtée deux
fois pour demander son chemin ? Un doute fugace
ou une légère inconsistance l'auront poussée à
chercher de l'aide, ainsi a-t-elle abordé la première
personne croisée, sans tenir compte de sa situation ou de son état, sans considérer qu'elle inter-
rompait peut-être quelque chose, une pensée, une
crise, un spasme soudain, ou justement un de ces
microrêves, ni non plus qu'elle s'adressait à des
êtres plus vulnérables, probablement résignés à
une longue attente, à des affections chroniques,
ou à des insomnies sans répit, *etc*. Par exemple,
quand elle a bousculé involontairement un
homme qui obstruait le passage, occupé qu'il était
à fouiller dans un grand sac en plastique à la
recherche d'un médicament, a-t-elle supposé, elle
n'a réussi qu'à lui demander si elle allait dans la
bonne direction, et sa question a remplacé les
excuses qu'elle aurait dû lui présenter…

À cet instant, elle se sent envahie d'un remords
diffus, mais qu'elle estime pertinent : aurait-elle
dû offrir un pourboire à ceux qu'elle a question-
nés ? Elle pense avoir défilé devant d'intermina-
bles queues de nécessiteux. Certains ont dû lui
céder le passage en se livrant à des contorsions,

particulièrement les estropiés, les mutilés, les personnes munies de prothèses orthopédiques, ou encore les impotents, qui occupent en général beaucoup de place, quand il ne s'agissait pas d'êtres absorbés, absents, comme l'individu au sac en plastique, peut-être consumés par leurs problèmes, dont l'esprit semblait ailleurs, comme cette femme dont la fille a répondu à sa place.

Elle a conscience du long trajet qu'elle a entrepris dans les corridors, comme d'une expédition dans les profondeurs. La réalité cachée, le monde des ombres, parallèle, vu et tu par tous, qui s'organise selon ses propres conditions physiques. Par exemple, aux intersections des couloirs ont été improvisées de minuscules salles d'attente, nées de l'habitude, comme si avant cet espace n'existait pas et avait été créé à l'initiative des gens eux-mêmes.

Son esprit se laisse distraire par ces idées mais, au détour d'un coude, elle rencontre les deux hommes qu'elle a vu se heurter dans la vieille ville. Ils sont assis dans un coin, les jambes repliées à cause de l'espace réduit ; l'un semble assister l'autre qui se tient les chevilles comme s'il souffrait et paraît impotent et estompé, sur le point de se décomposer sous les plis de ses vêtements. Elle les regarde et en éprouve un malaise diffus, une sorte de culpabilité en gestation, ou d'indulgence incapable de se frayer un chemin ; mais dans cette lutte spirituelle, si on peut l'appeler ainsi, ils se dissolvent et se fondent dans l'innombrable et anonyme population des couloirs. Et ainsi, ce qui en d'autres circonstances eût été un hasard est maintenant une constatation ; à l'hôpital, les gens adoptent un autre comportement, et les relations avec l'extérieur, un extérieur auquel ils appartiennent ou ont appartenu, comme elle, sont régies par des lois variables mais qui s'édictent *intra-muros*. Par exemple, en quête de la salle, à cet instant la recherche de l'hôpital sur Internet lui semble tellement irréelle qu'elle a dû mal à croire qu'il s'est à peine écoulé une demi-journée. Aussi lui vient-il à l'esprit que le malade qui lui a été assigné a coupé encore plus radicalement tout lien avec la rue…

Elle continue à réfléchir à ce genre de choses pendant qu'elle avance entre des paquets et du matériel médical obsolète, parfois de vraies antiquités, qui semblent être restés là comme une mise en garde contre la fugacité du temps, c'est-à-dire de la vie, et notamment comme trace de tout ce que les individus ont dû tolérer par le passé, ces artefacts placés momentanément sur leurs corps à la recherche de signes, ou pour imposer des corrections, des appareils qui sont aujourd'hui considérés simultanément comme éphémères et funestes ; elle marche en agitant ces pensées, la rumeur de l'hôpital se répand dans les couloirs, une clameur en sourdine, envahissante, toux, froissements de papiers qui enveloppent de la nourriture, gémissements d'agonie, ton vif des reproches. Elle ferme les yeux pour voir si elle entend mieux. Elle ignore depuis quand elle sait – peut-être depuis toujours, comme tout le monde – que l'absence d'un sentiment aiguise les autres. Une idée de l'enfance, nature humaine et animale quand elles étaient unies. Elle fait de nombreux pas les yeux fermés et, avant de les rouvrir quand elle heurte quelqu'un, elle se sent enveloppée d'une rumeur insolite, comme si elle déambulait dans un couloir solitaire qui absorbe tous les bruits de l'hôpital.

Un conduit de grande dimension, semblable aux

tunnels des égouts ou du métro, qui débouche
dans une salle d'extraction de sons. Elle a l'impression que l'hôpital existe pour produire du
bruit et l'expulser. Elle imagine les inlassables
machines de ventilation, les compresseurs géants
qui reçoivent de l'air vicié et le renvoient à leurs
propriétaires, et les bruits circulant dans des
tunnels séparés selon leur nature et leur origine.
Sa songerie s'interrompt lorsqu'elle heurte un
patient. Elle ouvre les yeux et voit que celui-ci,
effrayé, se précipite vers le fond du couloir en
esquivant des obstacles malgré sa claudication.
Elle veut le rejoindre et lui demander pourquoi
il s'enfuit, mais au-delà d'une pile de pots de
peinture qui monte presque jusqu'au plafond, elle
découvre sur une porte le nom de la salle qu'elle
cherche.

C'est un bout de papier froissé, punaisé depuis
longtemps. On s'en est aussi servi pour y écrire
des messages. Par exemple, on peut lire sur un
côté : *J'arrive. Le Flaco* ; plus au centre, un jeu
de mots avec le nom de salle se termine par :
On ne sort pas d'ici. Elle ne sait si elle doit frapper
à la porte ou attendre que quelqu'un sorte.
Quelque chose l'empêche d'ouvrir, un sentiment

de précaution ou la crainte d'assister à une scène pénible et inattendue. Pendant ce temps, les gens de l'hôpital passent derrière elle, certains la touchent, parce que l'espace est exigu ou qu'ils croient la reconnaître. Un groupe a profité d'un palier pour s'asseoir jambes étirées et tous parlent des maladies : les leurs ou celles des proches dont ils s'occupent, les remèdes les plus efficaces dans certains cas, l'apport de la religion dans les soins, *etc*. Parfois, une personne confuse, ou distraite, s'approche du groupe et, en guise de salut, demande ce qui se passe. Toute cette situation lui semble irréelle, mais trop compacte pour l'être. Depuis un certain temps, elle pense que les choses peuvent être molles ou compactes, l'univers ne s'organise pas en pôles opposés ni complémentaires, mais partiaux, inadéquats ; c'est pourquoi ce monde reste pour une large part incompréhensible et que personne ne s'en soucie vraiment.

Lorsque enfin elle se décide à entrer, elle est surprise par la pénombre et les dimensions de la salle. Les deux vont de pair : tout est vaste, obscur, haut et profond, vétuste aussi. Adaptées à la pièce, les fenêtres s'élèvent presque jusqu'au plafond mais ne laissent filtrer qu'une faible clarté. Et comme il n'y a quasiment pas d'éclairage intérieur, il est difficile de distinguer le fond. Elle pense que dehors, auparavant, il y avait peut-être des jardins pour les malades et que l'espace est maintenant occupé par les bâtiments annexes.

Elle observe la disposition des lits et se dit qu'autrefois ce devait être différent : un lit entre deux fenêtres. La séquence est devenue irrégulière, il y a parfois deux lits côte à côte sous une fenêtre, ou même trois avant la suivante. Autre chose sur les lits et les fenêtres : elle est presque sûre qu'ils sont de même longueur et que leurs barreaux sont très ressemblants. À l'intérieur, le décor se présente allongé. Pour deviner le fond de la salle, il faut accoutumer la vue ; elle y distingue des ombres en mouvement qui apparaissent et se cachent dans l'obscurité. Elle découvrira que ce sont des visiteurs qui se déplacent lentement, fatigués ou accablés, autour des malades.

Près de la porte, les bruits lui parviennent étouffés. Elle est prise alors d'une curiosité : elle aimerait trouver la boîte, la niche ou l'appareil caché qui fonctionne comme agglutineur de bruits. Mais, à la configuration de l'endroit, surtout l'obscurité et la hauteur du plafond, elle comprend que c'est impossible. Il n'y pas de bruits ici, mais des succédanés de bruits. C'est un assourdissement qui semble trompeur, une rumeur aussi, comme si on entendait les résonances d'une activité collective mais secrète. Elle a l'impression d'entendre le bourdonnement des fermetures, le froufrou des prévisibles sachets en plastique qui contiennent de tout, les becs de siphons d'où coulent les sodas, le choc familier des assiettes et des couverts, et surtout les différentes toux, les dialogues entrecoupés, d'exténuants monologues de deux ou trois mots inlassablement répétés : *Je vais mourir, je vais mourir...* avec quelques variantes.

De la boîte agglutinante, les bruits commenceront leur carrière vers le néant extérieur, organisés selon leur origine et, bien sûr, leur nature et leur fréquence. Elle les imagine sur le point de devenir tangibles d'être si denses et si compacts, après avoir été absorbés, pendant leur voyage à travers le conduit, et elle suppose qu'il doit exister une procédure pour les concentrer puis les rendre à leur condition initiale au moment d'être libérés.

Pendant ce temps, au fond de la salle, de lentes

figures humaines apparaissent et disparaissent à petits pas flous, comme si nulle urgence ne pouvait les presser. Parfois, elles tiennent un vêtement dans les mains, elle imagine des chemises de nuit ou des tenues pour les malades. Plus près, elle parvient à distinguer à côté des premiers lits les affaires des patients, des objets dont ils disposent à leur convenance. Toujours les mêmes, en général aux couleurs indéfinies et surtout petits, comme fabriqués à une échelle adaptée aux personnes diminuées. Elle essaie de penser aux motifs de cette rééducation et trouve des réponses tant dans la grande carence de moyens que dans la faiblesse des malades, sûrement incapables de soulever le moindre poids. Au premier rang des objets, les verres et les cuillères, les mouchoirs ou des morceaux de vieux vêtements recyclés pour l'hôpital, les flacons, probablement de médicaments, ici et là un paquet de bonbons, souvent presque vide. Et au second plan, des objets religieux, petits eux aussi, des images, des figures, une bougie minuscule, et parmi toutes ces choses un crayon bille, des papiers, peut-être des tickets de caisse ou des pages de cahier arrachées brusquement, déchirées en diagonale, aux coins écornés ou retournés. Elle se demande où est la lumière, quand il y aura de la lumière dans cet endroit, et elle se souvient qu'on lui avait suggéré d'emporter *de quoi lire*.

Elle fait quelques pas dans la salle et entend une plainte lugubre, formée d'un son unique, comme la lettre *e* prolongée, provenant d'un corps épuisé dans la pénombre. Elle pense qu'il s'agit peut-être du malade qu'on lui a assigné, mais quand elle arrive au pied du lit, l'écriteau indique un autre numéro. C'est une vieille plaque ternie, elle doit se pencher pour la lire et, dans cette posture, elle perçoit une espèce de composition : cet écriteau suspendu contre les barreaux du lit et, l'encadrant, les pieds dressés du malade sous un drap. Elle sent une présence derrière elle, un léger frôlement. Mais en se redressant elle ne voit personne, sauf le mouvement incessant des ombres.

Avant, l'hôpital lui semblait un monde isolé du monde réel, et maintenant elle voit cette salle comme un nouveau monde séparé de l'hôpital. Des boîtes gigognes à l'infini. Quand elle trouvera son malade, elle oubliera peut-être la salle et s'en tiendra au patient et à son lit. Ce n'est pas ce qu'elle pense mais un fait qui pourrait se produire.

D'autres choses lui traversent l'esprit, elle regrette d'être venue et voudrait s'en aller.

Ce matin, pendant qu'elle longeait les berges, sa mémoire l'avait détournée des anciens paysages fluviaux qu'elle voulait observer. Elle pensa d'abord au malade qu'on lui avait assigné, comment serait-il, de quoi souffrait-il, quels soins son état réclamait-il, *etc.*, puis elle se souvint d'un tableau observé des années plus tôt. Ce tableau représentait deux vieillards posant de face. Elle avait pensé à une longue vie de couple. Il lui sembla que l'artiste, mort probablement depuis longtemps, ou les personnages visibles de l'œuvre, dont elle ne savait rien, ou encore les trois ensemble l'appelaient, de quelque recoin du passé, ou de l'art, à venir promptement en aide au malheureux qui agonisait à l'hôpital, dans son dernier lit.

Des nombreux tableaux véristes que composa l'Italien Balla, l'un s'intitule *I malati*. Il montre deux vieillards qui attendent assis dans une salle sombre et dépouillée. Il s'agit probablement d'un hôpital et de deux malades. Leur expression suggère une pauvreté quotidienne, une patience infinie, ou la résignation, la détresse aussi, la solitude, le manque de force ou de volonté, l'éternelle attente qu'il se passe quelque chose, *etc.*

Elle n'a vu ce tableau qu'une seule fois, dans une salle de musée. Se sentant immédiatement attirée, elle voulut prendre une photo, ce qui l'obligea à attendre un moment d'inattention du gardien. Elle regardait le tableau puis allait aux fenêtres donnant sur un parc, d'où elle observait la chaleur s'emparer de toutes choses. C'était l'été, il faisait quarante degrés, les gens marchaient lentement. Le gardien remarqua qu'elle ne quittait pas la salle et interpréta sa présence comme un signe lui étant destiné. Prendre une photo devint donc impossible et elle finit par y renoncer. Elle alla à la boutique pour voir si on ne vendait pas une carte postale du tableau, en vain également. Elle sortit du musée en fin d'après-midi et dès les premiers pas elle se sentit étourdie par la température extérieure. Quelque temps plus tard, elle trouva sur Internet une monographie de Giacomo Balla, dans laquelle le tableau illustrait sa brève étape humanitariste.

Lorsqu'elle est devant son ordinateur, il lui arrive d'ouvrir l'image et de la regarder. Qu'attendent donc ces deux-là ? se demande-t-elle. Quelle situation révèlent-ils, alors que les signes de la maladie sont discrets ou cachés ? Est-ce un couple de vrais malades ou sont-ils simplement pauvres ? Bien qu'elle ne puisse pas trancher, elle *voit* Balla, l'air irrité, renoncer à ses premières idées, il est un peu théâtral, elle le voit se désintéresser rapidement de ces vieillards incapables de rien lui promettre, aptes seulement à l'indulgence, elle le voit désireux d'embrasser quelque séquelle de ce futurisme brouillon alors en vogue. Elle aime à penser que le peintre a reçu de ces « malades » une influence diffuse, ou qu'ils lui ont imposé une sorte de limite : ne pouvant être plus compatissant, il a perdu la grâce, ce qui l'a poussé à abandonner ces thèmes et, à la longue, à devenir fasciste.

Le tableau cependant est dépouillé et manque de détails. Il est difficile de savoir s'il promet quelque chose, ou en tout cas promet ce qu'en son temps chacun pouvait reconnaître facilement. Maintenant c'est une tâche compliquée, et on ne voit que le couple assis sur des marches ou un banc en bois, au centre d'une salle déserte plongée dans la pénombre. Une faible luminosité entre par la gauche, éclairant le profil des visages. Maladie et pénombre. Quiconque imagine la salle d'attente d'un vieil hôpital, la voit comme un cloître. Le couple manque de solennité, l'homme regarde en face et la femme sur le côté, peut-être accablée par la douleur ou la détresse ; en tout cas, ils semblent résignés à attendre le temps qu'il faudra. Cette absence de mesure dans l'attente, inscrite nulle part mais ostensible, fait penser contradictoirement au moment de la composition du tableau, à la scène et à la pose...

Elle imagine qu'ils se sont assis en silence pendant que Balla attendait impatient dans un coin de la pièce, et qu'ensuite ils ont entamé une conversation hésitante et fini par se trouver des connaissances communes, comme toujours en Italie. Dans le tableau, chacun est flanqué d'une balustre métallique, à la droite de l'homme et à la gauche de la femme. Ces colonnettes placées devant le couple forment une sorte de cadre, et les deux personnages se montrent ainsi plus exposés peut-être que ce qu'ils sont réellement. La seule explication qu'elle trouve à ces balustres est qu'on les place dans les salles d'attente pour offrir un point d'appui aux personnes faibles lorsqu'elles se lèvent.

Inexplicablement, elle éprouve une curieuse nostalgie de cette salle et de cet hôpital, même si elle doute de leur existence, même si elle ne croit pas à l'existence réelle des deux personnages du tableau et moins encore de la scène composée. Elle ne comprend pas pourquoi elle ressent la nostalgie de telles situations, comme la représentation de cette détresse, qui lui semblent plus justes que celles du monde vrai des vrais malades qu'elle va rencontrer sous peu…

Dans le fond de la salle, les visiteurs continuent d'aller et venir, ballet d'ombres timides et diligentes. La rumeur des bruits, toujours simples, est devenue une musique apaisante. Elle observe le décor profond de lits vétustes et d'immenses fenêtres, d'êtres écrasés sur leur couche, chacun avec son nécessaire de petits objets, comme s'ils brandissaient ces collections privés en guise d'arguments absurdes contre l'adversité. Le râle ou la litanie de quelque malade crée un certain lien de continuité collective, c'est le fil qui attache ce qui paraît sur le point de se séparer sous l'effet du ralenti général. Ainsi l'ambiance tient-elle de l'endormissement…

Elle se dit qu'elle serait capable de demeurer

un temps indéfini dans cet état de contemplation diffuse. Regarder et regarder encore, s'imprégner. Surtout parce qu'elle ignore ce qu'elle fait réellement dans cet endroit. Profitant d'un reste de forces, tout en imaginant qu'elle pourrait faire demi-tour dans le couloir où les bruits sont portés à l'extrême, elle opte pour l'obéissance et, vérifiant de nouveau le numéro de chambre qu'elle connaît depuis la veille, elle pénètre dans la salle à la recherche de celui qui l'attend pour être consolé et accompagné. Ce faisant, elle met en ordre une série de pensées sur les malades en général, y compris ceux de Balla et le sien ; pensées qu'elle s'efforce de retenir, parce qu'elle a l'intention d'en faire part dès qu'elle inspirera confiance dans la salle et qu'on l'admettra comme un visiteur de plus qui danse parmi les ombres, sur la musique de leurs gestes rituels.

Nouvelles d'Argentine

© MAGELLAN & Cie

34 rue Ramey – 75018 Paris – France
Tél : 01 53 28 03 05 – E-mail : wiltzmag@club-internet.fr

www.editions-magellan.com

ISBN : 978-2-35074-183-3

Imprimé en France par SEPEC à Péronnas
Dépôt Légal – 4ᵉ trimestre 2010